赤川次郎

哀しい殺し屋の歌

実業之日本社

実業之日本社文庫

目次

哀しい殺し屋の歌

1　ある酔客

「そうだとも」

いささか、ろれつの回らなくなった口調のせいで、それは「おうらとも」と聞こえた。

「一人だって、俺《おれ》の狙《ねら》った相手で、逃げのびた奴《やつ》はいないんだ。——俺はな、最高の殺し屋だった……」

これだけ複雑な言葉を聞きとることができたのは、カウンターを挟んで、その老人の唯一の話し相手になっている、バーテンダー一人だった。

といって、彼が特別にすぐれた耳を持っていたというわけではない。その老人の、同じ話を、もう数え切れないくらい聞かされていたので、三回目に聞いた時、一言、五回聞いて、また一言、という具合に、全部の話を聞きとれるようになったのだ。

「俺のあだ名を知ってるか？——ええ？　言ったことがあったっけな？」

「さあね」

と、バーテンはそつなく首をかしげる。「ずっと前に聞いたかもしれませんけど、忘れましたね」

これが、ベテランのバーテンの条件である。聞いたことがありません、と言えば、いくら向うが酔っていても、「本当か?」ということになる。

それに、初めて聞いたのなら、それにふさわしい驚き方をして見せなくてはならない。バーテンは、そこまで名優ではないのである。

「そうか。——じゃ、もう一回言ってやろう。今度は忘れるなよ……」

老人は、少し身をのり出し、声をひそめて、「〈ガラガラ蛇〉というんだ。どうだ！　感じが分るだろう?」

「ぴったりですね」

と、バーテンは肯《うなず》く。「もうやめた方がいいんじゃないですか?」

老人の酒量が減って来ていることは、バーテンも、ちゃんと見抜いていた。一年近く、このバーへ通って来ているこの老人だが、初めてのころの半分の量で、すっかり酔ってしまう。

「何言ってるんだ……。まだやり始めたばっかりじゃないか！」

「もう一杯だけにしましょう。——明日がありますよ」

バーテンは、穏やかに言う。

「明日か！　殺し屋にゃ、明日なんかないさ。そうだとも……」

老人は、空《から》になっているグラスを、もう一回すすった。「何だ。——空か」

この老人が何をやって生活していたのか、バーテンは知らない。本人の話を信じれば、さる犯罪組織に属しているプロの殺し屋で、手にかけた相手は百人を下らない、というのだが。

そんな話を、人前でべらべらしゃべっていられるのは、まあ、当てにならない証拠というものだろう。

見たところ、それほど老《ふ》けているわけでもない。「老人」というのは、髪がすっかり白くなっているのと、名前を聞いたことがない、という簡単な理由によるのだった。

六十歳は過ぎているとして……。まあ、六十四、五か。

確かに、若いころはなかなかいい体つきをして、女にもてただろう、と思わせる。今でも骨格のがっしりした印象は残っていた。

女にもてた、というのも、この老人の三つほどあるパターンの中の一つで、一晩に五人の女と寝た、なんていばっている。

もちろん、ただ寝たってだけならね。女房と二人の娘のいる俺だって、毎晩三人の女と寝てるわけだ、なんてバーテンは考えたりしていた。

「今だって、俺は女を絶やしたことがないんだ」

と、老人は、「最後の一杯」をゆっくりとすするように飲みながら、言った。「妙なもんだな。もうこの年齢《とし》になって、若い女はね、と思ってると……向うからね、寄って来るんだよ。どうも『危い男』ってのは、匂《にお》うらしいんだな。いい女にゃ、一発で分る。だから、俺の回りにゃいつも女がいるのさ……」

その割にゃ、一年も通ってて、女連れで来たことがありませんね、とバーテンは、心の中でからかってみる。

「だが……まあ、女ってのも可愛いもんさ。仕事にゃ邪魔になることもあるがね……」

急速に、まるで回転の狂ったレコードみたいな、間のびした声になったと思うと、老人は、カウンターにガクンと顎《あご》を落として、そのまま眠り込んでしまいそうな気配である。

　やれやれ。——眠ってしまうと厄介だ。

「眠っちゃだめですよ。——ほら、帰って、ぐっすり眠らなきゃ。こんな所で寝ちゃ、風邪引きますよ」

「風邪？——風邪の方で逃げてくさ、心配するな」

「だけど——ほら、いけませんよ、体に応《こた》えますから——」

　バーテンは、老人を何とか起こそうとしながら、新しい客が入って来たのを目に止めていた。「いらっしゃい」

　女だ。

　こういうバーに女が一人で入って来るのは珍しい。しかも、若くて、いかにも育ちのいいという印象の、初々しい女性が。

　その女性は、店の中を見回すと、カウンターに突っ伏している老人に目を止め、そばへやって来て、顔を覗《のぞ》き込んだ。

「やっぱり！」

　と、肯くと、「お父さん！」

と、老人の肩をつかんで、ゆさぶったのである。

バーテンはびっくりした。驚きを、思わず表情に出さずにはいられなかった。

「しっかりして！――すっかり眠っちゃってる」

その女性は、バーテンの方へ、「すみません、おいくらになります？」

と、訊《き》いた。

「ああ……。いや、いつもつけで飲んでおられるんで」

「構いません。全部でいかほど？」

バーテンは、かなりいい加減な数字を上げた。それも大分多目に。深く考えてそうしたわけではなかったが。

「はい」

その女性は、さらにそれ以上の現金をカウンターに置いた。「おつりは結構ですから」

「どうも……」

「その代り、父を表の車まで運びたいんですけど、手伝って下さる？」

「ええ、もちろん！」

バーテンは、ともかくカウンターの上の現金を、しっかりポケットへねじ込むと、あわててカウンターから出た。

ぐったりしてしまうと、人間というのは重いものだ。バーテンも、その老人の腕を自分の肩に回して、何とか立たせたものの、店から出るまでがまるで一キロもあるように感じられた。

「——どうもすみません」

と、その女性は言った。「ここに乗せて下さい」

バーテンは、このバーの前をふさいで、大きな外車が停《とま》っているのを見て、目を丸くした。後ろの座席は、その老人一人、横にしても充分に余裕のある広さだった。

「どうもありがとう」

と、その女性は微笑《ほほえ》んで礼を言うと、車の助手席に乗り込んだ。

車が、まるで水の上を滑るボートのような滑らかさで動き出す。運転しているのは、紺の上衣に白手袋の運転手で、若い女性は助手席ですっかり寛《くつろ》いでいるように見えた。

——車が見えなくなると、バーテンは、やっと夢から覚めたように、ブルブルッ

と頭を振って、

「誰なんだ、ありゃ?」

と、呟《つぶや》いた。

もちろん、本物の「殺し屋」なんかであるわけはないさ。もちろん……。

ま、俺にゃ関係ないことさ。

バーテンは肩をすくめて、店の中へ戻ろうとした。

「ねえ」

どこか下の方で声がした。——空耳かな、とバーテンがキョロキョロしていると、

「ねえ」

と、誰かが腕をつかんで引張る。

「何だ? 何か用かい?」

バーテンは、見たところ十歳にもなっていない少年を見下ろしながら、訊いた。

どう見ても、バーの客じゃないし、将来も客になりそうにない。

その身なりは、ほとんど浮浪者同然という様子だったからだ。

腹が減ったから何かくれ、と言うのなら、どこか食堂へでも行け、と言うしかな

い。

「ねえ、〈殺し屋〉のおじさんは？」

と、その少年が言い出したので、バーテンはびっくりした。

「何だって？」

「いつも、ここに来てるだろう。〈殺し屋〉だっていうおじさん」

「ああ。――今夜はもう帰ったよ」

「そう」

少年は少しがっかりした様子だった。「あのおじさん、どこに住んでるのかなあ」

「さあ、知らないね。――さ、行って。仕事があるんだ」

バーテンが店の中へ戻ろうとすると、

「ね、教えて」

と、少年がまたバーテンの腕をつかんだ。

「何だい？」

「人、一人殺すの、いくらかかるんだろ？」

バーテンは目をパチクリさせて、少年を見つめていた……。

2　再会

ドアは細く開いていた。

おかしい、と気付くべきだったのだ。いや、気付いていたのだ。

それでいて、杉山《すぎやま》は足を止めることもなく、ためらうことも、用心することも忘れてドアを開けてしまった。全く無防備に突っ立って――。

「鈍くなったもんだ」

と、その若い男は笑った。

その男は、杉山が、チンピラのころ拾い上げて、きたえ、仕込んでやった男である。初めのころは、殺しの本番になって泣き出したり、ガタガタ震えて、立っていられなくなった、情ない若者だった。

杉山が、それを一人前の殺し屋にしてやった。当人が自信をつけ、プロ意識を持ち始めた時、杉山は第一線から外され、「過去の遺物」になってしまったのだ。

その男は、杉山よりずっと上等なコートを着て、アームチェアに座っていた。

「あんたはもう年齢《とし》なんだよ」

と、そいつは笑った。「役に立たなくなりゃ消す。それしかないのさ」

銃口が、杉山を狙《ねら》っていた。――そうだったのか。

久しぶりに回って来た仕事。ナイフを使えと言われたのが、不思議だった。要するに、そういうことだったのか……。

「色々世話になったね。礼を言うぜ」

と、その男は言った。

「ネクタイの趣味は、相変らず悪いな」

と、杉山は言った。「高きゃいいってもんじゃないぜ」

「憶えとこう」

と、その男は肯《うなず》いた。「あばよ、おっさん」

引金を引く。――杉山は目の前が真っ暗になって、死ぬんだ、と思った。


――畜生。

杉山は、寝返りを打った。

畜生！──恩知らずめ！

俺は、お前をそんな風に育てたつもりはないぞ！　お前こそ死んじまえ！

「畜生！」

つい、声に出していたらしい。その自分の声で、ハッと目が覚める。

夢、か……。

もう何度、同じ夢を見たことだろう。

酔って、眠って、そしてあの夢を見る。屈辱と、後悔と、怒りと……。体が熱くなっている。

たまにゃ、ぐっすりと、夢も見ないくらい、眠りたいもんだが……。

視野がはっきりとピントを結ぶと、杉山は目をこすった。──何だこれは？　夢の続きかな？

どう見ても、自分のアパートではない。

大体、あのボロアパートの天井はこんなに高くないし、重そうなシャンデリアも下がっていない。しかも、この部屋の広いこと！

杉山は、自分がとてつもなく大きなベッドに寝ているのを発見して、唖然《あぜん》とした。

確かゆうべは——いや、ゆうべも、だ。あのバーで飲んで……。そして？　どうなったんだろう？

杉山は、自分がシルク地のパジャマを着ているのを見て、頭を振った。まだ頭痛がする。二日酔だけは、いつもと同じだ。

ともかく、このパジャマもベッドも、夢じゃないらしい。ということは……。女か。——たぶん、金持の女とでも、寝たのかもしれない。

しかし、記憶もないくらい酔ってて、使いいものになったのかな？　叩《たた》き出されていないところを見ると、そうひどい首尾でもなかったらしいが。

——それにしても凄《すご》い部屋だ。寝室だけで、杉山のアパートの部屋の倍はあるだろう。調度の値段は、何十倍じゃきくまい。

カーテンは引いてあったが、それを通して、明るい陽《ひ》が射し、部屋はかなり明るかった。もう昼近い時間だろう。

やれやれ……。親切な奴もいたもんだ。

起き上って欠伸《あくび》をしていると、ドアが開いた。

「あら、目が覚めたの？」

と、入って来たのは、どう見ても二十四、五の、色白な女。「夕方まで寝てるかと思った」

杉山は、どう言ったものか、よく分らないので、ちょっと咳払《せきばら》いをして、

「ああ……。いや、どうもゆうべは」

「二日酔は？　シャワーでも浴びたら、すっきりするかもしれないわよ」

と、女は言って、「服はそこへ置いたわ」

長椅子《ながいす》の上に、どう見ても杉山のものではない、高級な紳士物が並んでいる。

「俺の……着てたもんは？」

と、杉山は恐る恐る訊《き》いた。

「捨てたわよ。お酒のしみだらけで、くさくってしょうがない」

「そうか……。しかし、俺は金なんか持ってないんだ。見ず知らずの人から――」

「え？」

と、女は目を丸くして、「分らないの、私のこと？」

女は、いかにも楽しげに笑った。その笑い声。――杉山は、啞然とした。

「克子《かつこ》か！」

「もうぼけちゃったの？　しっかりしてよね、お父さん」

杉山は、ポカンとして、この前会った時には、まだセーラー服を着て、コロコロ太っていた我が子を眺めていた。

克子……。そうか。もうこんな年齢《とし》になっているころだ。

「克子、お前が俺を――」

「酔い潰れてたのを、運んで来たのよ。重いのね、年齢《とし》はとっても」

克子は苦笑して、父親を眺めていたが、「でも、髪はずいぶん白くなったわね。――シャワーを浴びてて。何か食べるでしょ？　話は後で」

克子は、足早に出て行った。

杉山は、今のも夢じゃなかったのかと考えながら、しばしベッドの上に起き上ったまま、動かなかった……。


「ええ、そう。――心配しないで」

克子が、電話に出ていた。「大丈夫よ。――じゃ、また連絡してね」

克子は電話を切ると、おずおずと顔を出している父親の方へ、

「何やってるの？　ここは私の家なんだから、遠慮することないのよ」

と、声をかけた。

「何だか……借り着みたいでな」

サイズは大体合っていたが、上等なツイードなど、およそ慣れていない。いや、昔の、ぜいたくをしていたころならともかく、そんな感触は、とっくに忘れてしまっていた……。

「卵とかトーストとか、大したものないけど。——夜、ゆっくりどこかで食事しましょ」

と、克子は杉山をダイニングへ連れて行った。

「——こんな朝食、何年ぶりかな」

コーヒーを一杯ガブ飲みして、杉山はやっと落ちついて来た。

「もう午後の二時よ」

と、克子は笑って、「コーヒーだけ付き合うわ」

トーストをかじりながら、杉山は、

「母さんはどうした」

と、訊いた。

「知らなかった?」

「――死んだのか」

「うん。もう七年になるわ」

「七年……。じゃ、俺が――」

「姿を消して半年ぐらいしてから。でも、心臓、前から悪かったでしょ。発作起こして、アッという間だった」

「そうか……」

杉山は、克子の顔をまともに見ていられなかった。

七年前といえば、まだ克子は十七、八である。

それから七年間、一人ぼっちになった克子がどうやって生きて来たのか。杉山は、聞くのが怖いようだった。

「――今、ここに誰と住んでるんだ」

と、杉山は訊《き》いた。

「私一人よ」

と、克子は言った。

「一人？　こんなでかい家にか」

「通いの家政婦とか、メイドが来てるの。今日は夕方から来る日」

「そうか。じゃ……そう困ってもいないんだな」

杉山は少しホッとしていた。——克子が、どこかの金持の愛人にでもなったのかと思っていたのである。

「まあね」

と、克子は肯《うなず》いた。「私一人暮して行くぐらいのものは充分遺《のこ》してくれたから」

「遺して？」

「そう。私、一か月前に亭主に死なれたの。未亡人なのよ。ホヤホヤのね」

と、克子は言って笑った……。

——杉山は、やっとお腹が静かになると（大分空腹でグーグー言っていたのだ）、コーヒーを飲みながら、娘の身上話を聞いた。

克子は、高校を出て、普通にOLになり、しばらく独り暮しをしていた。仕事のつかいで出かけた会社で、社長の妹尾《せお》和哉という男に一目惚《ひとめぼ》れされて、半年も追っかけ回された挙句、根負けして結婚したのだった。

「私は二十二。彼は四十六だった。——遊び人でね。ずっと独身だったのよ」

と、克子は楽しげに言った。「自分の倍も年齢《とし》のいってる人なんて、と気が進まなかったけど、結婚してみると、大切にしてくれたし、それにこの通り——」

と、部屋の中を手で示して、

「ぜいたくもできるし……。結構幸せだったわ。あの人、私を何度もヨーロッパへ連れてってくれて」

「そうか。そいつは良かったな。いや——もちろん、亡くなったのは気の毒だが」

と、杉山はあわてて付け加えた。

「お父さんのこともね、ずっと気にしてたのよ」

と、克子は、コーヒーカップのふちを指でなぞりながら、「ただ——付き合い出したころに、お父さんのこと、死んじゃった、って言ってしまったもんだから……。後で訂正しにくくて」

「いいんだ。俺は死んだことになってる」

と、杉山は肩をすくめた。「それに、死んだも同然さ」

「違うわ」

と、克子は首を振った。「本当は……今年あたり、子供を作ろうと話してたの。もし、子供ができたら……お父さんのことも話して面倒見なきゃ、と思ってたのよ。その矢先に……」

「俺は一人で生きて、一人で死ぬよ」

と、杉山は首を振って、「そういう世界に生きて来た男だ。覚悟してる」

「私をまた一人にするの？　やっと見付けたのに」

と、恨めしげに父親を見る。

「いや……お前にゃ迷惑だと思ってさ」

「それなら、いちいち捜さないわよ」

と、克子は言った。「どうせ、主人には身よりも何もなかったの。遺産は、あれこれ引かれると大したことないけど、でも、お父さんと二人でやっていくぐらいは充分あるわ」

杉山は、胸が痛んだ。

「おい、克子……。俺は、母さんとお前を放り出したんだ。恨んでないのか」

「大人には色々事情ってものがあるでしょ」

と、克子は言った。「私も子供じゃないわ。分ってるわよ」

杉山は、つい涙が浮んで来て、あわててよそを向いた。

「——凄《すご》い屋敷だな、それにしても。旦那《だんな》は何をしてたんだい?」

「貿易会社。結構手広くやってたわ」

「四十八か、亡くなったのが。その若さでな。口惜《くや》しかったろう」

「でしょうね」

と、克子は肯《うなず》いた。

「病気か?」

「いいえ」

「事故か。車か何かの——」

「そうじゃないの」

克子は首を振った。「殺されたのよ、あの人」

3　依頼人

アパートの階段を上りかけて、杉山は、下りて来る隣の太った女と出くわした。

「やあ」

と、会釈すると、相手はびっくりしたように杉山を見つめて、

「あら、誰かと思った！」

と、体にふさわしい声を出した。「帰って来ないから、こりゃきっと救急車で病院ね、って話してたのよ、みんな」

「おあいにくさま」

と、杉山は笑って、「娘と一緒に暮すことになってね、荷物をとりに来たんだ」

「へえ！　あんたに娘がいたの？」

「ああ。人並みにな」

「いやに上等ななりしてると思った。――ま、良かったね」

と、下りかけて、「そうだ。さっき、男の子が一人、あんたのこと、訪ねて来た

よ。子供がもう一人いたの？」

「男の子？」

「十歳かそこらじゃない」

「よせよ。そんな覚えはないよ」

杉山は苦笑した。「何の用だって？」

「さあ。また来てみるとかって」

「借金取りじゃなさそうだな。――じゃ、失敬」

いつになく、軽い足取りで、杉山は階段を上った。

すっかり酒は抜けている。――アルコール漬けでない一日というものを、久しぶりに味わっての翌日である。

アパートも一応引き払うことにし、必要なものを、と戻って来たのだが……。いざ部屋へ入って見回すと、呆《あき》れるほどに、何もない。

とっておきたいほどの物が、ろくにないってのも、寂しいもんだ、と杉山は思った。

しかし――改めて、六十二という年齢を、思い知らされた。娘が、一緒に暮そうと言ってくれるのを聞いて、涙が出るほど嬉《うれ》しかったのだ。

自分が、これほど感傷的になっているとは、実のところ、思ってもいなかったのだが。

「――そうか」

女房の写真がある。本当は克子のもあったのだが、ここへ越す時に失《な》くしてしまった。その代り、これからは毎日、当人に会えるわけだ。

早々と老《ふ》け込んじまいそうだな、と杉山は思った。――何か仕事でも見付けるか。

キーッ、とドアがきしんだ。

振り向くと、何だか薄汚れた感じの男の子が、顔を覗《のぞ》かせていた。

「何だ？」

と、杉山は言った。「さっきも来たってのは、お前か？」

「おじさん……殺し屋さん？」

その少年に訊《き》かれて、杉山は詰った。そうだよ、とも言えない。

「何の用だい？　忙しいんだ。お前と遊んでる暇はないよ」

「僕だって、遊びに来たんじゃないよ」

少年は心外、という様子。

「そりゃ失礼。しかし、何の用だい？」

「おじさん、殺し屋なんでしょ」

少年は、入って来てドアを閉めると、「いつもバーでそう話してる、って聞いて」

「ふむ……。だったら？」

「頼みたいんだ」

と、少年は真面目そのものという顔で言った。「一人、殺してよ」

杉山は苦笑した。

「なあ、人を殺すってのはな、甲虫《かぶとむし》をとって来るのと、わけが違うんだ。お前みたいな子供が、何でそんなことを考えたんだ？」

「だって……父さんを殺した奴がいるんだ」

少年は真剣だった。

「そうか。――じゃ、警察へ話してみな。犯人を捕まえてくれるさ」

「だめだよ。そいつは命令するだけで、自分じゃやらないんだ。だから、捕まらないんだよ」

「なるほど」

杉山はため息をついた。

「ね、いくら払えば、殺してくれる？」

少年は、ポケットから、クシャクシャになった千円札を何枚かとり出した。「これ……三千円と少しあるんだけど」

杉山は、やせこけて、顔色の悪い少年を、じっと見た。

「――食べてないんだろ、ろくに」

「一日一食にして、こんだけためたんだ」

と、少年は言った。「これで足りる？」

嘘《うそ》はついていない。本気だ。――杉山は、少年を追っ払う気にはなれなかった。

「いいか。――俺はもう年齢《とし》だ。そりゃ、昔は色々危い仕事もやって来たが、今じゃとても無理さ。この金で、ちゃんと食べて、お前が大きくなれ。大人になって、その悪い奴をやっつけりゃいい。な？」

杉山の言い方の誠実さは、少年にも伝わったようだ。――しばらく眼を伏せていたが、

「じゃ、だめなんだね」

と、念を押した。

「ああ、今の俺にゃ無理だな」

「河畑の奴を殺してくれる人、誰か知らない？」

少年の言葉を聞いて、一瞬、杉山の顔がこわばった。

「――誰だって？」

杉山の声はかすれていた。「今、何て言った？」

「河畑の奴を――」

「河畑？　そいつは河畑っていうのか」

少年は肯《うなず》いた。

「河畑清一っていうんだ。もう大勢殺してるって、聞いたよ」

河畑清一……。間違いない！

しかし――どうしてこの少年があんな奴の名前を知っているんだ？　プロの殺し屋の名が、外へ洩《も》れることは、まずないのに。

「河畑って名を、誰から聞いた？」

と、杉山は少年の方へ、つい無意識にかがみ込んで、訊《き》いていた。

「誰だって知ってるよ。僕のいた辺りじゃ」

「誰だって知ってる？」

「うん。あの辺の一番の顔役なんだって、父さんがいつも言ってた」

顔役……。そうか。この子は、河畑が殺したのでなく、殺させた、と言っているのだ。すると、あいつは今、殺し屋を卒業して、自分で殺し屋を使う身分になっているんだ。

「お前の父さんは、どうして河畑に殺されたんだ？」

と、杉山は訊いた。

「河畑の下で働いてたんだ。父さん、お金の計算が上手で」

会計係か。――組織が大きくなるほど、会計係も危い橋を渡る必要が出て来る。

「ある日、急に昼間、帰って来たんだ。そしてすぐ逃げるんだ、って。でも、車で外へ出たとたんに、撃たれて……。父さんは死んだよ。母さんは連れてかれた。僕だけ車から這《は》い出して、隠れてたんだ」

「そうか……」

何か不正をやったか、それともまずいことを知ったかだ。大方、河畑が何かやって、それを会計係のやったことにしたかったのだろう。

河畑の上にも、もっと大物が何人もいるはずだから、自分の失敗は、誰か子分の責任にしておかないと、自分の命が危いのだ。

「それからずっと、そんな格好で?」

「うん。——父さんが逃げる間際に言ったんだ。『逃げようとして、知ってる人を訪ねて行くな。その人にも迷惑がかかる』って」

「そうか。偉いな。その通りやって来たのか……」

「でも——おじさんも、無理したら、逆にやられるね」

「そうだな」

河畑は、殺し屋の怖さを、よく知っているはずだ。普通の顔役を殺《や》るより、ずっとむずかしいだろう。

「俺にゃ、どうにも無理だな」

と、杉山は言った。

「分った」

少年は肯《うなず》いた。「じゃ――これで、何か食べるよ」

「そうしろ」

杉山は、少年の頭をポンと叩《たた》いた。「遠くに親戚とかいないのか?」

「九州に叔父さんが」

「じゃ、そこへ行け。――待て」

杉山は自分の財布の金を抜いて(どうせ、克子からもらったのだが)、少年のポケットへ入れた。

「だめだよ」

「いいんだ」

杉山は首を振って、「お前は子供だ。子供は、大人の言ったことを一から十まで守らなくていい。これで叔父さんの所へ行け。いいな?」

少年は、少し迷っていたが、やがてニッコリ笑った。

「分ったよ」

「よし! 着るもんも、誰かに選んでもらえよ。列車に乗せてくれないぜ」

杉山は少年の肩をつかんで、「元気になれよ。――河畑みたいな奴はな、その内放っといても天罰が下るんだ」

「そうかなあ」

「ま、見てなよ」

「うん。——じゃ、ありがとう」

「気を付けて」

杉山は少年を送り出して、ホッとした。

河畑の奴！　今じゃ、さぞ大物ぶってるんだろう。もともと小物だった奴ほど、でかいツラをしたがるもんだ。

ふと、思い付いて窓を開ける。——あの少年が、トコトコと路上へ出て来て、窓の方を振り仰いだ。

杉山が手を振ってやると、笑顔で、手を振って返した。

そうだ。——もう忘れな。そんな奴のことは。可哀《かわい》そうだが、死んだものは戻らないのだ。

少年が、小走りに道を渡って行く。腹が空《す》いているのだろう。思い切り食べろよ。

その時だった。白い大型車が一台、走って来る。

杉山は、目を疑った。少年を見付けていないはずはなかった。しかし、その白い車は、スピードを落とすどころか――一気にスピードを上げた！

「危い！」

と、叫んだのは、もう車が少年の体を、高々と宙へはね上げた後だった。

少年は、路上へ、まるでぬいぐるみか何かのように叩きつけられた。

杉山は夢中で部屋を飛び出し、階段を飛ぶような勢いで下りた。

表へ出ると、もう車は影も形もない。

「おい！」

駆け寄って、少年の体を抱え起こしたが……。もう、完全に息は止っていた。首の骨も――たぶん体中があちこち骨折しているだろう。苦痛は一瞬だったろうが――それにしても……。

何だ、あの車は？

杉山は、少年の体をそっと横たえると、両手を合わせた。

――部屋へ戻る前に、アパートの管理人の部屋へ寄って、一一〇番してもらうように頼んだ。

白い車のことは、話さなかった。ナンバーも見ていない。むだなことだろう。部屋へ戻って、真中にドカッと座り込む。体が震えていた。心臓は激しく打っている。

あの車は——信じ難いことだが——あの少年を、はっきり狙《ねら》っていた。

あんな子供を！　なぜだ？

「河畑……」

それしか考えられない。

父を殺され、母は連れ去られたと言ったが、たぶん消されているだろう。そして逃げた子供までも、抹殺しないではいなかったのだ。

あいつらしいやり口だ。

激しい怒りがこみ上げて来た。しかし——この手で仇《かたき》を討ってはやれない。それには、今の俺はあまりに老い、非力になってしまった……。

パトカーが来て、何かと訊かれると面倒だ。杉山は、必要な物を手早くまとめて紙袋へぶち込むと、部屋を出た。

ドアを閉める前に、ちょっとの間、部屋を見渡した。いや、見渡すほどの広さもない、狭い部屋だった。

ここで死ぬのだ、と思っていたのに。運命の巡り合わせは、奇妙なものだ。

ドアを閉める。もう鍵をかけることもない。

管理人へ鍵を返し、部屋に残っている物の処分を頼んでおいて、アパートを出た。

少年の死体の方へは目をやらず、背を向けて歩き出す。少し行くと、パトカー、救急車とすれ違った。

「あいつの名前も聞かなかったな……」

と、杉山は呟《つぶや》いた。

下り坂で、杉山は、ごく自然に足を速めていた……。

4　船上の一夜

「――おい、帰ったぞ」

と、玄関を入ると、杉山は声をかけた。

「お帰りなさいませ」

と、ちょこちょこと駆けて来たのは、この十日ほど、この屋敷に住み込みで働きに来ている、二十歳そこそこのお手伝いである。

何だか知らないが、ともかく「ハナ子さん」と、克子が呼んでいて、杉山も、そう呼ぶことにした。きっと本当の名前じゃないのだろう。

杉山くらいの世代では、戦後間もなく、動物園にいた象のことを思い出してしまう。こっちもコロコロ太ってはいるが、象ほど大きくない！

しかし、よく働くし、気が付くし、克子も気に入っているようだった。

「――克子は？」

と、杉山は訊《き》いた。

「美容院へ行っておいでです」

と、ハナ子はコートを受け取って、「お茶をおいれしますか？」

「頼むよ。こぶ茶、あるか？　じゃあ、それを頼む」

――あのバーのバーテンが見たら信じないかもしれない。

杉山は、一切アルコールを断って、今や、こぶ茶とウーロン茶の「通」である。

「やれやれ……」

居間へ入って、ネクタイをゆるめる。

「またお仕事捜しですか」

と、ハナ子がネクタイを外してくれる。

「うん。――やっと決りそうなんだ。克子に自慢してやろうと思ったのに」

「克子様は、ブツブツ言ってらっしゃいますよ。いくらでもコネがあるのにって」

「そんなもんで入社したら、勤める方も使う方もやりにくい。縁もゆかりもない所に限るよ」

「頑固ですね」

と、ハナ子は笑った。

丸い顔に、笑うと消えてなくなりそうな細い目が、よく似合う。

「克子もだ。親子だよ」

と、杉山も笑って言った。

「で、どんなお仕事ですか?」

杉山は、

「聞きたいか?」

と、ニヤリとすると、「実はな——殺し屋をやることにしたんだ」

声をひそめると、ハナ子が目を丸くする。もっとも丸くして、やっと人並みという感じである。

「冗談さ。——ちょっとガードマンをね」

これは冗談でも何でもなかった。向うがアッサリ採用してくれた時には、杉山自身、信じられなかったものだ。

「まあ! 危くないんですか? 強盗とか入ったりしたら……」

「その時はクビになってもいいから、逃げるさ。命が大切だ」

「そうですね」

ハナ子は楽しげに言って、「じゃ、すぐにこぶ茶を」

と、台所へと駆けて行く。

実際、この屋敷では、台所まで、充分に「駆ける」だけの距離があるのだ。

――この屋敷での生活も一か月を超えた。

杉山は生れ変った気分で、酒をやめたせいもあってか、よく食べ（食べるものも旨《うま》かった！）、大分太ったし、若返った気がしていた。

仕事捜しは、克子に文句を言われつつも、続けていた。金のためというより、老け込まないためだ。

時として――あの少年のことが、思い出されたが、どうしてやることもできない。

新聞にも小さく、「ひき逃げ」の記事は出たが、身許《みもと》もその時点では不明。結局、杉山はあの少年の名前を知ることはできなかったのである。

――ハナ子がいれたこぶ茶をすすっていると、克子が帰って来た。

「やあ。何だ、ずいぶんめかし込んで来たじゃないか」

克子は、

「似合う？」

と、ポーズをとって見せた。

「うっとりするぜ」

「からかわないで」

克子は笑って、「パーティなのよ、今夜」

「パーティ？」

「船の上で。――主人が亡くなっても、ずっと家に引っ込んでるわけにはいかないわ。友だちに誘われて、行くことにしたの。思い切り胸と背中のあいた赤いドレスで」

「いいね」

と、杉山は笑った。「お前は若いんだ。ゆっくりして来い」

「あら、エスコートしてくれないの？」

杉山は面食らって、

「テニスコートがどうかしたか？」

「エ、ス、コ、ー、ト。男性と一緒でなきゃ、みっともなくて。お父さん、行ってくれるでしょ？」

「俺が？　誰か若いのがいるだろう」

「知り合いはだめよ。もうみんな相手がいるし。お父さん、当てにしてたんだから」

「おい、待てよ、俺は……。だめだ。そんなパーティにゃ向かない」

「いやなら、座って食べたり飲んだりしてりゃいいのよ」

「しかし……着てくもんもないしな」

「あら、ハナ子さんが見せなかった？――ハナ子さん！」

「はい！」

大声で返事をして、ハナ子が駆けて来る。「何か？」

「お父さんの服は？」

「あ、いけね！　すぐに持って来ます」

と、またドタドタ駆けて行く。

「にぎやかな奴だな」

と、杉山は面白がっている。「しかし、俺はネクタイってのが……。仕事っていうのならともかく――」

「つべこべ言わないの！——ほら、早くして！」

ハナ子が大きな箱をいくつもかかえて来た。克子は、蓋《ふた》を開けて、

「これ！——ちゃんと寸法も合わせてあるのよ」

杉山は、克子が取り出して見せたタキシードに、目をみはった。

「その……レストランのボーイみたいなもんを着るのか？」

「あら、高級品なのよ。——シャツからポケットチーフ、カフスボタン、蝶ネクタイ、エナメル靴まで、全部揃《そろ》ってるわ」

「俺はいやだ！」

と、杉山は、ほとんどわめくように、「絶対にそんなものは着ないぞ！　俺は——役者じゃないんだ！　絶対にいやだ！」


「——こちらがN商会の社長の高井さんと奥様。私の父ですの」

と、克子は紹介する。

「や、これはこれは」

と、その太った男は、わけの分らない挨拶《あいさつ》をして、「初めてお目にかかります」

「娘がどうもお世話に……」

杉山は、微笑《ほほえ》みながら言った。

「お父様がいらしたなんて、初耳だわ」

と、その夫人が言った。

「家出してたのを、やっと見付けたのよ！」

と、克子は言って笑った。「あら、お久しぶり！」

やれやれ、また別口か。——杉山は、また笑顔を作って、克子の後について行った。

——パーティは、豪華だった。

杉山も、外国映画で、こんな場面を見たことはある。しかし、日本でも、こんなパーティが開かれることがあるのか、と意外な気がした。

大きな船を借り切って、甲板や船内のホールなどに料理や飲物を並べてある。

集まっているのは、大方、あちこちの企業のオーナーか重役といったところだろう。その夫人たちは、およそ似合わない若作りや、派手なドレス、宝石ばかりが目立っている。

客に混じって、いささか目立ち過ぎ（?）の衣裳《いしょう》の若い女たちも目についた。このパーティのために雇われているのだろう。

しかし、初めの内こそ、物珍しさで、あちこち覗《のぞ》いていた杉山も、次から次へと克子に客と引き合わされ、くたびれ果ててしまっていた。

「——疲れた?」

やっと、二人で少し話の渦から出た時、克子が訊《き》いた。

「まあ……。多少な」

と、杉山は言った。

父としての義務、と自分に言い聞かせていたが、それも限界だ。

「何か飲む?　持って来てあげるわ」

「ああ。——ここに座ってるよ。ウーロン茶はあるかな」

「さあ、どうかしら」

と、克子は笑った。

「できたら、S社が一番だ。そう言っとけ」

「はいはい」

克子が、飲物をとりに行こうとした時だった。バン、バン、と派手な銃声がした。

杉山はギョッとした。すぐに銃声と分ったからだ。

しかし、客たちは、花火か何かとでも思ったのか、中には空を見上げているのもいる。

今のは銃声だ。——何事だ？

「——動くな！」

突然、テーブルの上に、ボーイの格好をして、マスクをつけた男が飛び上った。

「これは本物だぞ！」

手にした拳銃を空へ向けて、もう一発撃ったので、やっと客たちもシンと静かになってしまった。

「逆らうと命は保証しない！　身につけている宝石類を、これから回る仲間の袋へ入れていただこう」

二人組だな、と杉山は思った。

他にも誰かいれば、あのテーブルの上の男が確かめるはずだ。

もう一人、同様にボーイの格好をした男が、布の袋を持って、客の間を回り始めた。

夫人たちは、まだ信じられないらしく、

「これ、本当?」

「余興じゃないの?」

なんてやりながら、渋々ネックレスやリングを外して、その袋の中へ入れている。

「急げ!」

と、テーブルの上の男がわめいた。

なるほど、相当焦ってる。――そりゃそうだ。この船は大きい。この甲板の出来事を、他の甲板や船室では知らないだろう。

その間に手早くやって逃げよう、というわけだ。

何だ、素人だな。――よく見ると、テーブルの上の男、膝《ひざ》がガクガク震えている。

あれじゃ狙っても当るまい。むしろ、でたらめに撃って流れ弾に当るのが怖い。

袋を持った男が、杉山の前を通り過ぎようとした。

「おい、待てよ」

と、杉山は言った。「俺をどうして素通りするんだ?」

袋を持った男は面食らっている。

「俺の腕時計はな、最高級のダイヤモンド入りだぞ」

「じゃ、早く入れろ！」

「ああ」

杉山は左の手をぐっとその男の方へ突き出した。男が杉山の手首を見る。

杉山は、拳を固めて、男の喉《のど》を下から一撃した。一瞬、呼吸ができなくなる。

男が呻《うめ》いた。杉山は、落ちそうになる袋を受け止めて、その場にしゃがみ込んだ犯人を放っておいて、さっさと、テーブルにのっている男の方へ歩いて行った。

「相棒が、船酔いだとさ」

と、杉山は言った。「代りに持って来てやったぜ」

「何だと？」

「ちゃんと中を確かめてくれよ」

袋の口を開けて見せると、馬鹿正直に覗き込んでいる。――救いがたい素人だな！

ヒョイ、と片手で男の足を払うと、テーブルの上で男は呆気《あっけ》なく引っくり返った。

「おやすみ」

と言って、杉山は肘《ひじ》で男の腹を一撃してやった。

男は「ゲッ」と一声、気絶してしまった。

「――どなたか、船の人を呼んで来て下さい」

と、杉山は言った。「それから、この中の宝石、ご自分のだけ、持って行って下さい」

袋をポンとテーブルの上に置くと、杉山はさっきの椅子に戻って行った。

誰しも、呆気にとられて、のびている二人の強盗と、タキシード姿でくたびれ切っている杉山を眺めているのだった……。


「はい、ウーロン茶」

と、克子がグラスを差し出す。「S社のよ」

「やあ、ありがとう」

杉山は、一気に飲み干した。「――やっぱり、ここのウーロン茶が最高だ」

「船長さんが、ボートを出して、買いに行かせたのよ」

「本当か？」

「いや、全く、お礼の申し上げようもありません」

制服姿の船長が、杉山の前に立っていた。

「犯人は警察へ引き渡しました。ぜひ感謝状を、と申しておられましたが……」

「いや、結構」

と、杉山はあわてて言った。

「父はそういうことが嫌いですの」

と、克子が言った。「お気持だけで充分ですわ」

「どうぞゆっくりお寛《くつろ》ぎ下さい。この船にご用の節はいつでもご用命を」

と、船長はくり返して退《さ》がって行った。

「みんな目を白黒させてるわ」

克子が愉快そうに、「お友だちの奥さんたち、みんなお父さんとお付き合いしたくなったみたいよ」

「やめてくれ！　俺は帰ってお茶漬が食いたい」

杉山は悲痛な声を上げた。

──パーティも、深夜を迎えていた。

そろそろ引き揚げる客もいる。

「──お父さん」

と、克子が言った。

「何だ？」

「一人で帰ってくれる？」

「ああ。しかし、お前は？」

「お友だちと、のんびりしてから帰るわ。朝になるかもしれない」

男か。──克子が、ちょっと目をそらしたので、杉山にはピンと来た。

克子は男と、どこかへ行くのだろう。

夫を亡くして間もないとはいうものの、克子はもう子供ではない。杉山が口を出す筋のものじゃなかった。

「いいとも」

と、杉山は肯《うなず》いた。「車を使っていいのかい？」

「ええ。私はお友だちの車で行くわ」

克子がホッとしているのが分った。

「――もう行くか」

杉山は、立ち上って伸びをした。「明日、目が覚めなくなると困る」

克子は、楽しげに笑った。

実際、杉山は一緒に暮してみて、克子が努めて陽気に見せているものの、時には ひどくふさぎ込んだり、悩んでいる様子を見せるのに気付いていた。

もちろん、夫を亡くした悲しみもあるだろうし、いくら気楽な生活をしていると いっても、将来への不安もないわけではあるまい。

杉山としては、そういう問題の相談相手になれる自信もなく、そんな時には黙って二階の自分の部屋へ行って、ＴＶを見たりするのだった。

克子が、こんな風に楽しげに笑うのを、杉山は、初めて見たような気がした……。

船からはモーターボートで岸へ送ってくれる。

一人、岸へ上った杉山は、克子がボートに乗ったまま、また船の方へと戻って行くのを見送ってから、車の方へと歩き出した。

車も、克子が、

「何かと便利でしょ」

と、買ってくれたものだ。

運転しやすいオートマチック車で、丈夫にできている。年寄り向き、ということか。

長い間、ハンドルを握っていなかったので、今でも杉山は安全第一の運転をしていた。

「どの辺だったっけ？」

来る時は克子の運転だったので、広い駐車場のどこに置いたか、思い出せない。

ひとまわりすりゃ、いやでも見付かる。――杉山は、のんびりと潮風に吹かれながら、歩いていたが……。

「ん？」

あの車じゃないか？　しかし――誰か、女がもたれかかって立っていた。

見間違いか？――戻って見直すと、確かにこの車だ。

「失礼」

と、声をかけると、その女はハッとした様子で、

「あの……何か？」

と、訊《き》いた。

あのパーティの客だろう。薄暗い中にも、ネックレスがキラキラと光を放っている。

「この車は私のなんですがね」

杉山が言うと、女は、手を口に当てて、

「まあ！——ごめんなさい」

と、言った。「よく似てたので、つい……。じゃ、やっぱり！」

「は？」

「置いてかれてしまったんです。——ひどいわ、本当に！」
三十五、六というところか。派手な美人というわけではないが、なかなか清潔な感じの女性である。
「連れの人に？　そりゃひどい。——良かったら、どこか近くへ送りましょうか」

「そうお願いできれば……。図々しく、すみません」

と、頭を下げる。「タクシーを拾える所で結構ですから」

「どうぞ。私は道に詳しくないので。言って下さい」

杉山は、車のロックをあけて、その女性を乗せてやった。

──車が走り出して少しすると、助手席に乗ったその女性は、

「失礼ですけど……」

と、言った。「さっき、船の上で、強盗を退治された方?」

「え?──ああ、あんなもの、〈強盗〉とも呼べない。〈強盗まがい〉ですな」

女は、ちょっと笑って、

「でも、おみごとでしたわ。それにこのネックレスも、戻りました」

と、胸元へ手をやる。「──良かったわ。とられたりしたら、主人に怒られます」

「けがするよりゃいいじゃありませんか」

と、ハンドルを握って杉山は言った。

「いいえ……」

女はふと、違う口調になって、「主人なら、私が殺されても、ネックレスの方を心配しますわ」

杉山はびっくりして、チラッと女を見た。

その横顔は、もの哀《がな》しげで、どこか杉山の胸を打つものがあった。

「――どこまでやります?」

と、杉山は訊いた。

「どこへでも」

女が答えた。「――お好きな所へ」

車は、深夜の道をひたすら走り続けていた……。

5　師と弟子

久々の目覚めだった。

といって、もちろん、杉山はちゃんと毎日目を覚ましている。しかし、女と過した一夜が明けて迎える朝は、久しぶりだったのである。

ベッドで寝返りを打つと――女の姿はもうなかった。

通りすがりのホテルへ入ったので、どの辺りなのか、さっぱり分らない。――時計に目をやると、十一時になっていた。

克子が、もう帰宅していたら、父のことを心配するだろう。

急いで家へ電話をかけた。

「――あ、ハナ子か？　克子は？」

「まだお帰りでありません」

と、ハナ子は不機嫌そうな声を出した。「お二人揃《そろ》って！　よく似たもんですね」

杉山は笑い出した。

「——これから帰るよ。腹が減った。何か作っといてくれ」

「分りました」

と、ハナ子は言った。「うんと辛いカレーでも？」

全く、楽しい子だ。杉山は電話を切ると、思い切り、伸びをした。

久しぶりの女だった。——どことなく切ない印象を、杉山は受けた。

テーブルに手紙があった。

〈すばらしい夜を、ありがとうございました。

朝までに戻らないと、夫が何をするか分りません。先にタクシーを呼んで帰ります。

申し訳ありません。〉

きれいな字で、嘘《うそ》ではあるまい、と思わせた。

夫が、よほど横暴か、やきもちやきか、でなければ、妻のことを、「持ちもの」とみなしているかだ。たぶん、最後の方だろう、と杉山は思った。

確かに、杉山は暴力そのもの、という仕事をしていたし、女房と娘を放り出しもした。しかし、弱い者に直接暴力を振るったことはない。

平気で妻や子を殴る男には、怒りを覚えた。中には、よく殴るので「子供がよく言うことを聞く」と自慢する奴がいる。

そんな話を聞くと、杉山は胸が悪くなるのだった。

あの女が、ゆうべのことで夫から殴られなきゃいいが、と杉山は思った……。

シャワーを浴び、服を着ると、もう昼近くになっていた。急に腹が空《す》いて来る。

早く帰ろう。——支払いは入る時にすませてある。

杉山は、部屋を出て、エレベーターで駐車場へと下りて行った。

車へ歩いて行き、ロックをあけると、

「待てよ」

と、声がした。

足音には気付いていた。——二人だ。

どう見ても、どこかのチンピラだ。

「何だ?」

と、杉山は言った。「食い物なら、ないぜ」

「面白い奴だな」

と、一人が笑った。

わざとらしい笑いだ。――昔、いやになるほど見て来た。

「付き合ってもらおうか」

と、もう一人が言った。

「そういう趣味はないんだ」

と、杉山は肩をすくめた。「それに、あってもお前ら二人じゃ、その気にならないだろうな」

「野郎――」

と、一人が真っ赤になる。

「待て。――おい、じいさん。うちのボスのかみさんに手を出したからにゃ、ただじゃすまないってことを、分ってるのかい？」

「ボスのかみさん？」

杉山は、ちょっと驚いた。あの女が？　そういう世界の女とは思えなかったが。

「知らなかったとしても、見逃してやるわけにゃいかないんだ」

パチッとナイフが光った。「傷の二つ三つは覚悟しろよ」

この連中が見ていた。——ということは、あの女の亭主にも知れているわけだ。

杉山は、女の身が心配だった。

「何か言うことはねえのか?」

「ああ」

杉山は肯《うなず》いた。「ボスへ言っとけ。女房は犬じゃない。鎖じゃつないでおけないんだってな」

「いい度胸だな」

二人が近付いて来る。——杉山は身構えた。

「おい」

よく通る声がした。「喧嘩《けんか》かね?」

刑事だ。もちろん、杉山が知った顔ではないが、雰囲気で分る。

五十歳ぐらい。なかなか、したたかな印象の刑事である。

「何でもありませんよ」

ナイフはスッとポケットへ消えて、二人のチンピラは愛想笑いをした。

「じゃ、外してくれ。俺はこの方と話があるんだ」

「へえ。――どうも」

二人は、走るように消えてしまった。

刑事は、杉山を眺めると、

「あんたも、ただ者じゃないようだね」

と、苦笑した。「――お茶でもどうかな」

もちろん、気は進まなかった。


刑事は泉と名のった。

近くのコーヒーハウスに車を入れ、二人は窓際のテーブルについた。杉山は腹が空いて来たので、トーストを取った。

「杉山さん、というのか。――しかし、感心したよ」

「どうも」

と、杉山はコーヒーをゆっくりと飲みながら、「この年齢《とし》になると、怖いものもなくてね」

「そればかりでもあるまい」

と、泉刑事は言った。「その筋の人間かね？」

「考え方次第ですな」

と、杉山はとぼけた。「あのチンピラたちは？」

「知らないのかね。――ま、本当だということにしておこう」

そして、泉刑事は、熱いミルクを一口飲んでから言った。「あいつらは、河畑って奴の下っ端さ」

何となく、予感があったのかもしれない。そうびっくりしていない自分が、意外だった。

「河畑、ね……」

「知ってるか？」

「いいえ」

と、杉山は首を振った。「刑事さん。あんたは誰を見張ってたんです？」

「いい着眼だ」

泉は肯いて、「あのチンピラたちは、河畑の女房について回ってるんだ。ゆうべ、女房を見失って、あの二人は大あわてだった。夜中ずっと捜して、やっと見付けた」

「で、相手の男を少し痛めつけないと、ボスに申し訳が立たない、ってわけですか」

「そんなところだ」

「じゃ、女房の方も、痛い目に?」

「あれは哀れな女さ」

と、泉は肩をすくめた。「女房といっても、正式に結婚してるわけじゃない。亭主は、もと河畑の会計係でね。ごまかしの責任をかぶせられて消された」

杉山は唖然《あぜん》とした。——まさか!

「で、あの女は、力ずくで河畑のものにされちまった。——もちろんその気になりゃ、逃げられるのかもしれないが、怯《おび》えてるからね、河畑の力に」

それだけか? いや、おそらく、そうではあるまい。

あの女にとっては、「息子」が一番の弱味のはずだ。——言う通りにしないと、息子を殺すぞ。

そう言われていれば、逃げるに逃げられないに違いない。

もちろん、知りはしないのだ。その息子が、死んでしまったことなど……。

河畑か……。どこまでこの因縁が続くのだろう？

杉山は、運ばれて来たトーストを、ゆっくりと食べ始めた。

——あの少年。そしてたまたま出会って、寝た女。

偶然というには、あまりに運命そのもののようだ。避けられない運命……。

避けられないのか。——本当に？

「——刑事さん」

と、杉山は言った。「河畑って奴に電話しておきたいんだが、番号は分るかね」

「やめとけよ。悪いことは言わない」

「あの女が可哀そうだ。そう思うだろ？」

泉は、肩をすくめて、番号をメモした。

「ありがとう」

杉山は立ち上ると、「テレホンカードは持ってるよ」

と、言った。

——コーヒーハウスの入口にあるボックスへ入り、メモの番号へかけた。

「――誰だ？」

と、若い声がした。

「河畑さんは？」

と、杉山が言った。

「誰だ、そっちは？　河畑さんは忙しいんだ」

「こっちもだ。奥さんと一晩一緒にいた者だと言え。早くしろ！」

向うはしばし沈黙していた。やがて、咳払《せきばら》いの音がして、

「河畑だ」

――杉山の背筋を、ゾクッとするものが走った。あいつだ。

「お宅の奥さんと寝たよ。もう聞いてるだろうが」

「わざわざ知らせてくれるのか」

「奥さんに乱暴するのはよせ。男のすることじゃない」

「大きなお世話さ。その内、お前も腕一本、へし折ってやる」

「やれるか、清一」

と、杉山は言った。「初めての仕事で、鼻血を出して泣き出した奴に、そんなま

ねができるか？」

——張りつめた沈黙の後、かすれた声がした。

「お前は誰だ」

「もうぼけたか。昔はお前の方が、俺をぼけたと馬鹿にしたもんだがな」

「待て。——おい、あんたは——」

「杉山だ」

「本当に？」

「幽霊だと思うか？　この電話が、墓場からだとでも？」

「何てことだ！——生きてたのか！」

「こうしてピンピンしてる。いいか、お前の女房は何も知らずに俺について来たんだ。殴ったりするな。いいか？」

「分った。——分ったよ。なあ、どこにいるんだ？　会いたいな。いいだろう？」

本音はともかく、河畑は嬉《うれ》しそうな声を出している。

「いいとも」

と、杉山は言った。「会おうじゃないか」

車のライトが長い線をのばして来る。

白い車。──あの少年をはね飛ばしたのと、よく似ていた。

工事現場には、もちろん人影がない。真夜中である。

杉山は、二時間前から来て待っていた。

周囲に、河畑の手下が隠れている様子はなかった。

夜中に出かけるというので、克子は心配そうだったが、杉山は、「いい女に会ってな」とウインクして見せたのだった……。

砂利を弾き飛ばして、車が停《とま》った。

ドアが開いて、下りて来た男。

河畑だと、すぐに分った。──体型は大分太めになっていたが、体の動かし方のくせは、そう変るものではない。

コートをはおった杉山の方へ、河畑は歩いて来た。

「やあ！　本当にあんただったのか！」

河畑は、やって来ると、右手を差し出した。

杉山は、手をコートのポケットへ入れたままだ。

「握手もしてくれないのかい？」

「右手をつかんで左手で喉《のど》を裂く。俺が仕込んだ手だ」

と、杉山は言った。

「何も持ってないよ。この通りだ」

と、河畑は笑って両手を広げて見せた。

「いずれにしても、清一。友だち同士って別れ方はしなかったろう」

と、杉山は言った。

「ああ……。悪かった」

河畑は目を伏せた。「仕方なかったんだ。上から言われりゃ――」

「恨んじゃいないさ。ともかく、俺はもう別世界の人間だ。ただ、お前のかみさんが心配だっただけだ」

「ともかく家へ来てくれ。いいだろう?」

杉山は、ちょっと肩をすくめた。

「ああ」

これは賭《か》けだ。——生きて戻れないかもしれない。

あの少年を殺したということは、少年が誰を訪ねて行ったか、河畑は知っていたかもしれないのだ。

しかし、危険はこの仕事に、いつもつきものである。どこかで、賭けるしかない。

車に乗る。——河畑の他には運転手だけだった。

「しかし懐しいな」

と、河畑はくり返した。「本当だ。あんたが生きてくれて、嬉しいんだ」

「そうか」

「しかし——撃たれた、と聞いたぜ」

「確かにな」

「ひどい傷だったのか？」

「防弾チョッキを着てた」

河畑は唖然として、

「じゃ——分ってたのか？」

「勘だ。どうもいやな気分だった。いつもなら、あんな物使わないんだが、あの時だけはつけていたんだ」

河畑は声を上げて笑った。

「さすがは親父さんだ！」

と、昔の呼び方をして、杉山の肩に手を回す。「愉快だな！　あんたを撃ったって自慢してたサムの奴に、見せてやりたい」

「あいつも出世したのか？」

「いや」

河畑は首を振った。「今ごろコンクリート詰めで海の底さ」

「何かしくじったのか」

「ボスの女に手を出したのさ」

杉山は肯いた。

「運不運ってやつだな」

——車は静かに夜道を走っていた。

明日の夜明けが見られるかな、と杉山は、ふと考えたりした……。

6　暗がりの中の名前

「どうだい？」

河畑の声には、隠しようもなく、子供じみた得意げな響きがあった。

しかし、杉山は、そんなことにいちいち腹を立てない程度には、年齢《とし》をとっている。

「ああ、立派なもんじゃないか」

と、言ってやりさえしたのである。

実際、河畑の屋敷は、今杉山が住んでいる、克子の屋敷に劣らなかった。いや、派手という点では、妹尾邸以上だろう。

しかし、杉山のように、あまりインテリアにセンスがないと自認している人間の目にも、河畑の屋敷は、外観、内装とも、悪趣味に見えた。

もともと、チンピラなのだ。ポッと出た成金と同様、いくら高いもので飾り立てたところで、中身が変るわけではない……。

ともかく、杉山はごてごてした金ピカの居間に通された。

「目がくらみそうだな」

「そうかい？　せっせと集めたんだ。俺は、昔から憧れてたのさ。金の風呂《ふろ》に入るのにな」

「そいつは知らなかったな」

「今じゃ毎日入ってる。純金の浴槽だ！　一風呂浴びてくかい？」

「いや、結構だ」

と、杉山はあわてて言った。「お前が出世してて、嬉しいよ。もともと、殺し屋としちゃ、あんまり才能はなかったからな」

「相変らず厳しいね」

と、河畑は笑って、革ばりのソファに寛いだ。「いや、昔話で飲み明かしたいところだけど、実は、これから会合があって出かけるんだ」

「気にしないでくれ。アルコールはやめてる」

「何だ、そうなのか？　いや、俺も医者にゃ止められてるんだがね。そんなことで、やめらりゃしないいや」

と、河畑は顔をしかめた。「親父さん、よく俺のオフィスの電話が分ったな」

「泉って刑事が教えてくれた」

「奴か」

河畑は、顔を曇らせた。どうやら苦手な相手らしい。

「ヤブ蚊みたいな奴だ。追い払っても、追い払っても、耳もとでブーン、と唸《うな》りやがる」

河畑は、ふと思い出した様子で、「そうだ。――おい、布子を連れて来い」

と、若い手下に言いつける。

「清一、女をいじめるのはよせよ。大物のすることじゃない」

と、杉山は言った。

「ま、俺もね、そう思うんだけど……。惚《ほ》れてるだけに、ついカッと来て」

「俺を殴ってもいいぜ」

「よしてくれ！　相手が親父さんと分ってりゃ、腹も立たねえよ」

本心はどうなのか、ともかく河畑は笑って見せた。

ドアが開いて、あの女が入って来る。

顔から血の気が引いて、杉山の目にも、体が震えているのが分る。——可哀そうに。いつも、よほどひどい目にあわされているのだろう。じっと顔を伏せているので、杉山には気付いていなかった。

「おい、布子《きぬこ》」

と、河畑が言った。「どうして屋根裏へ閉じ込められたか、分ってるな」

「すみません……」

布子は、かすれた声で言った。「もう二度と……」

「この前の時もそう言ったぜ」

河畑は遮って、それから、「まあいい。今度は運が良かったんだ。相手がこの人でな」

布子が顔を上げて、杉山に気付くと、ハッと息をのんだ。

「——この人はな、俺の古い恩人なのさ。駆け出しのころを知られてて、俺も頭が上らねえ」

と、河畑は苦笑した。「おっと、もう出かけねえとな。会合に遅れちゃ大変だ。——親父さん、良かったら、のんびり泊ってってくれ。俺は一向に構わないんだぜ」

「俺にも帰る所はあるよ」

と、杉山は言った。

「そうか。――ま、ともかく何かあったら、いつでも俺に言ってくれ。顔の利く範囲でなら、力になるよ」

河畑は、立ち上ると、「若いのに言って、送らせよう」

「ああ……」

どうやら、ここで殺されることはなさそうだ。――河畑が、よほどの名優にでもなったのならともかく、杉山が、自分とどう関わっているのか、一向に気付いていないのは、確かなように思えた。

「――清一」

ふと、杉山は思い付いて、言った。「一つ、頼みがある」

「何だい？　何でも言ってくれ」

と、河畑は杉山の方へとやって来た。

杉山は、硬い表情で立っている布子の方へ目をやると、

「今夜、もう一晩だけ、お前の奥さんを抱かせてくれないか」

河畑の顔から笑みが消えた。――杉山は、ちょっと照れたような笑みを作って、

「どうもな、このところ、女の方は一向に役に立たなかった。それが……ゆうべは、昔に戻ったようだったんだ。あれが、一夜の気紛れか、それとも体力の戻った証拠か、確かめてみたいんだ。――どうだろう？　無理に、とは言わないが」

河畑は、さすがに迷っていた。しばらくの間、「大物」の見栄を張るか、女にこだわるか、二つの間で揺れ動いていたが、

「――いいとも」

と、肩をすくめた。「親父さんの役に立つなら、貸し出すぜ」

「ありがたい。無理言ってすまないな」

「なあに。おい、布子。失礼のないようにしろよ」

「明日の朝にゃ、きちんと送り届ける」

と、杉山は言った。「じゃ、清一。頑張れよ」

「ああ。親父さん。あんたも」

二人は、初めて握手をした。――杉山は清一の手が冷たいのを、敏感に感じとっ

ていた。

昔から、そうなのだ。緊張すると手が冷たくなる。いつも「仕事」の前は、そうだった。

「行くぞ」

河畑が手下を従えて、出て行く。

居間に、杉山は布子と二人になった。

「——何か、されたかね？」

と、杉山が訊《き》くと、布子は黙って首を振った。

「そうか。それなら良かった。心配してたんだ」

「あの……」

「杉山亮二というんだ。昔、あの河畑を仕込む役だった」

「あなたが……」

「さあ、ともかくここを出よう」

と、杉山は促した。「外でタクシーでも拾えばいい」

「いいえ。——やめて」

怯えていた。子供のように身を縮める。

「あの人――許さないわ」

「大丈夫。あんたに手は出させないよ」

「いいえ、私はいいんです。どうなっても――殺されはしないから。でも、あの人は、あなたを――」

布子は言葉を切った。河畑の手下が一人、居間のドアを開けたのだ。

「どちらへでもお送りしろとのことでしたが……」

「必要ない」

と、即座に杉山は言った。「二人で出かける。お前のボスにそう言っとけ」

杉山がしっかり腕をつかむと、布子ももう逆らわなかった。


まどろんでいた杉山は、布子が声を殺して泣いているのに気付いて、目を開けた。

「――どうした」

と、布子の裸の肩に手をかける。

ホテルの部屋は暗かった。ほとんど何も見分けられない暗がりの中で、布子は初めて安心して杉山に抱かれることができたようだった。

「悪いことをしたかな。強引に連れて来て」

と、杉山が言うと、布子は、

「いいえ」

と、体を起こした。「嬉しいの。こんなに……我を忘れて男の人に身を任せたことなんて、なかったから……。ずいぶん長いこと」

「こんな年寄りにとっちゃ、ありがたいお言葉だな」

と、杉山は言った。「あんたは、河畑の正式な女房じゃないそうだね」

「ええ……。聞いたんですか」

「泉って刑事からね」

「警察なんて！　誰も当てにならない！」

突然、激しい怒りを込めて、布子は言った。

「旦那《だんな》は殺されたとか……」

「田所といったの。あの河畑の下で働いていて——お金を横領した、と言われて。そんなことするはずがないわ！　主人は会計士だった。すぐに見付かるような、ごまかしをやるわけがないのに」

「身がわりさ。よくある話だ」

「——主人を殺されて、子供をさらわれて……。河畑の言うなりになっているしかないわ。そうでしょう」

「子供を……」

「一郎といって、十歳になるわ。河畑がどこかに隠しているの。いくら頼んでも、会わせてくれない」

布子は、すすり泣いた。——杉山は迷っていた。

この女に、息子が死んだと教えてやるべきだろうか？　もしそれを知ったら、とても河畑の前で、素知らぬふりなどできまい。

河畑に食ってかかったりすれば、簡単に殺されてしまうだろう。

「元気を出せよ」

と、杉山は言った。「あんたの子供がどこにいるか、捜してみよう」

「本当に？——本当に捜してくれる？」

と、すがりついて来る。

「見付けると約束はできないがね。昔の知り合いがいる。少し聞いて回ってみるよ」

「何と言っていいのか……」

「いいから、泣くな。——聞くんだ」

「ええ」

「あんたは、河畑の女だ。まだしばらくは辛抱しているしかない。しかしね、いつか奴に仕返しできる時が来たら……。いいかね、その時のために、耳を澄ましとくんだ」

「耳を……」

「奴が、電話で話すこと、客としゃべっていることを、頭の中へ入れておくんだ。その中に、奴を殺人罪で有罪に追い込める事実があるかもしれない。そうなれば、証言だってするだろう？　もちろん、あんたの息子が見付かればの話だが」

「それはもう」

と、布子が肯《うなず》く。「自分であの男の首にロープをかけてやりたい」

「今はじっと我慢してるんだ。その時のためにね」

と、杉山は言った。

「――抱いて」

布子が身をすり寄せて来る。杉山は、まだ若さの香りをとどめる布子の体を、腕の中に包み込むように抱いた……。

「――ねえ」

と、突然布子が言った。

「何だ？」

「私、一度だけ聞いたことがあるの」

「何を？」

「河畑が殺人の相談をしているのを。ドアが細く開いてて、私が眠ってなかったことに、気付かなかったのよ」

「なるほど」

「河畑が勢力を伸ばそうとして、誰かとぶつかりそうだったの。一旦《いったん》、ことを構えてからじゃ、向うも用心するから、何も言わずに一撃でやっつけようって」

「あいつらしい」

と、杉山は苦笑した。「もちろん、自分じゃ手を下してないだろう」

「でも、大切な仕事だから、って、一番の子分の村瀬にやらせることになったの」

「ほう」

名前は聞いている。これは強い。まず、その村瀬をしめ上げれば、河畑の命令でやった、と言わせることもできるかもしれない。

「その村瀬ってのは？」

「ハワイへ行ってるわ。ほとぼりが冷めるまで、ってことでしょうね、きっと」

「すると、本当にやったんだな。いつのことだい？」

「たぶん……ひと月か、もう少し前か」

「なるほど」

この一件で、河畑の尻尾《しっぽ》をつかまえてやれるかもしれない、と杉山は思った。

もちろん、河畑に気付かれたらおしまいだ。充分に慎重にしなくてはならない。

それでも、杉山は、やる気になっていた。

「河畑が殺した男の名前を、知ってるかい？」

と、暗いベッドの中で、杉山は訊《き》いた。

「ええ、もちろん」

と、布子が答えた。

「——妹尾って男よ。確か、妹尾和哉」

7 古い鉄塊

「克子」

と、杉山は言った。

「うん？」

食事を終えて、ハナ子が、皿を下げて行く。

「——お二人とも、ちゃんと食べて下さいな！」

と、食べ残した皿を見て、不平たらたら。

それを聞いているだけで、杉山も克子も笑い出してしまうのである。

「——面白い子ね」

と、克子はお茶を飲んで、「何なの？　いやに真剣な顔してるじゃない」

「いつも、そんなにふざけた顔か？」

「そうじゃないけど……。ね、見付けた女の人って、すてきだった？」

「まあ……。そりゃ、悪くなかった。しかし、今はそんなことを訊《き》きたいんじゃない。前から、気になってたんだ」

「何のこと？」

「お前の亭主のことさ。どうして殺されたんだ？」

杉山の問いに、克子の表情が曇った。

「聞いて、どうするの？」

「いや……。何といっても、俺自身、物騒な世界に身を置いていた人間だ。単なる事故死とかならともかく、殺されたとなると、気になる」

「話したくないわ」

克子は、明るい窓の方へ顔を向けて、まぶしげに目を細くした。「話したって、あの人が生き返って来るわけじゃないでしょ」

「そりゃそうだ。しかし——」

ハナ子がダイニングルームへ入って来て、二人の前にフルーツの皿を置いた。

「これは、残さずに食べて下さいね！　長生きしたかったら！」

「分った。食べるよ」

と、杉山は苦笑しながら、フォークを手にとった。「怖いね」

「時には叱るのが愛情ってもんです！」

ハナ子が出て行くと、杉山と克子は、また笑ってしまった。一旦《いったん》重苦しくなりかけた空気が、明るくなったようだ。

「妹尾はね」

と、克子は言った。「色んな貿易に手を出してたわ。中には多少危いものもあったみたい。もちろん、私には何も言ってくれなかったけど」

「密輸か？」

「そんな、大がかりなもんじゃなかったようよ。法律すれすれのところで、綱渡りをしてるってところだったらしいわ」

「なるほど」

「当人がね、またそんなことを楽しんでたのよ。──私に言ったことがあるわ。『こういうスリルがたまらないんだ』って。『捕まったりすることもあるの？』って訊《き》くと、笑って、『一度や二度は捕まるぐらいでなきゃ、一流とは言えないさ』ですって」

「それで、どこかの組織に狙《ねら》われた、ってわけだな」

杉山は肯《うなず》いた。「相手は分ってるのか」

「さあ……」

と、克子は肩をすくめた。「何とかいう刑事さんが、しつこく調べてたみたい」

「刑事か。——何て名前だった？」

「さあ。どうして？」

「いや、色々、知ってるのもいるからさ」

「ええと……。池田。そうじゃないわね。池……。泉だわ。泉って人」

「泉か。——知らないな」

と、杉山は言った。「で、相手が誰か、見当もつかなかったのか」

「たぶん……河畑とかいう男だって。でも、手下にやらせてるから、どうせ河畑を逮捕はできないわ。いつまでも考えてたって、むだ。そう思い切ったの」

「そうか」

「もちろん……」

と、克子は独り言のように、「寂しくて泣きたくなることもあるわ。一人で寝てるとね」

「まだ若いんだ。恋人を作ったらどうだ。再婚したっていい」

「そうね」

克子は苦笑して、「でも、まだひと月よ。いくら何でも――」

「早すぎたかな」

と、杉山は笑った。「――ま、俺のことは気にするな。いつでも邪魔なら消えてなくなるからな」

「シャボン玉じゃあるまいし」

フルーツを食べ終えると、杉山は、

「どんな風だったんだ、殺された時の様子は？」

と、訊いた。

「車でね、出かけてたの。私は見てなかったのよ。見てた人の話だと――海岸の道で、追い越した車から銃で撃たれて、主人の車はガードレールを突き破り、海中に落ちたんですって。岩にぶつかって、大破して……」

克子は首を振った。「車も、中の遺体も、ひどい状態だったわ。ほとんど見分けがつかなかったけど、持物や服で、あの人と分ったの」

「そうか……」

「いやな世界ね」

と、克子はため息をついた。「お父さんも、昔はあんなことをしてたのね」

「まあな」

「二度とやらないでね。——相手もお父さんも、傷つくわ」

克子の言葉は、杉山の胸に食い込んだ。

——その夜、杉山はなかなか眠れなかった。

河畑は、田所布子を殴っていないだろうか。克子は、ベッドで一人、忍び泣いているのかもしれない。

そして——俺はどうすべきなのだろうか？

河畑は、俺を頼って来たあの少年を殺した。そして克子の夫をも殺している。そして田所布子を、実際には死んでしまっている子供で縛りつけて、わがものにしている……。

生かしておけない奴だ。——昔なら、ためらうことなく、河畑を殺しただろう。

しかし、今の俺に、そんなことができるだろうか？　河畑は昔から用心深い男である。

そういう性格というものは、大物になっても変らないものだ。表面では杉山に愛想がいいが、しかし、人間、自分のかけ出しのころを知られている相手を、好きにはなれないものである。

——どうしたら、いいのだろう？

杉山は、考え込みながら、やっと眠りに落ちて、その夜は夢を見なかった。

「杉山さん」

呼ばれて、振り向く前に分っていた。あの泉という刑事だ。

「どうも」

「お時間をいただけますか」

泉は、愉快そうに、「声だけでお分りのようだ」

「まあね」

「さすがですな」

と、泉は微笑《ほほえ》んで、「かつて、殺し屋として鳴らしただけのことはある」

杉山は、首を振って、

「もう年齢《とし》ですよ」

と、言った。「――そこのケーキが旨《うま》い。一つ、いかがです?」

アルコールをやめて、今度はすっかり甘党になってしまった。もちろん、できるだけ甘みの少ないものを選んではいるが。

「――いや、確かに旨い」

泉刑事の方も、嫌いではないようだった。

昼下がり、初老の男二人でケーキを食べている、というのも、一風変った光景かもしれなかったが……。

「何をしてるんです?」

と、泉が訊《き》いた。「妹尾克子さんのお父さんなのですから、今じゃ遊んで暮せる身分でしょう」

「それでは体がなまるし、ぼけてしまいますからね」

と、杉山は言った。「働き口を捜してるんです。ガードマンの口を、やっと見付けたのに、克子の奴、勝手に断ってしまって」

「面白い方だ」

と、泉は笑った。「いや、この間の、河畑の手下たちとのやりとりを拝見して、これはただ者じゃない、と思いましてね。少し調べさせてもらいました。びっくりしましたよ。昔は、かなりの腕で——」

「まあね。しかし、殺し屋なんて、しょせん使い捨ての人間です」

と、杉山は言って、「時に、娘の亭主が殺された一件では、大分お世話になったようで……」

「いや、結局、犯人も挙げられなくてね」

泉は渋い顔をした。「やった方もやられた方も、協力的とは言えませんからね、どうも」

「全く見当もついていないんですか？」

「不思議な縁ですな。あなたと、ホテルに泊った女——田所布子を囲っている河畑が、娘さんのご亭主を殺させたらしいんですがね」

「運命ってもんですかね、これも」

どうやら、泉は、杉山と河畑の、昔の関係は知らないようだ。

「一人、目をつけている奴はいるんです」

と、泉は言った。

「ほう」

「村瀬といって、河畑の腹心です。しかし、かつてのあなたのように、殺しのプロとは言えない。——まあ、当然アリバイの用意があるので、最終的には手が出せなかったのですが」

「じわじわと攻めて行くという手もあったのでは？」

「それが、ハワイへ逃げられてしまいましてね。理由が転地療養。診断書つきでは、こっちとしても、文句は言えません」

「頭のいいことだ」

「しかし、つい二日前に戻って来ていますよ」

「ほう？」

と、杉山は顔を上げた。「ほとぼりが冷めるまでにしては、少々早いようですな」

「何かよほどの事情があったんでしょう。こっちとしても、目はつけていますがね」

「どうかよろしく」

杉山は、頭を下げた。――刑事に向って、頭を下げたことなど、あっただろうか。

「娘もあの年齢《とし》で未亡人では可哀そうだ。いくらぜいたくができるとは言ってもね。人間、連れ合いとうまくやっていけるのが一番の幸せですからな」

泉は、ちょっと杉山を眺めていたが、

「意外なお言葉ですな」

と言った。「かつての――」

「そう、かつて、かつてと言わんで下さいよ」

と、杉山は笑って言った。「今はもう、当り前の六十二歳の男です。アルコールが抜けて、若いころの無茶を、少しでも訂正してやろうと……。ま、刑事さんから見りゃ、ワルはワル、ということでしょうが」

「いやいや」

泉は首を振って言った。「あなたはその辺の、頭の空っぽなチンピラとは違う。私にもよく分っています」

泉は、腰を上げると、

「さて、もう行かなくては。——お話できて楽しかった。ああ、ここは払わせて下さい」

と、伝票をとろうとするのを、杉山は抑えて、

「お互い、おごりおごられるという立場じゃない。自分の分は払いましょう」

と、言った。

泉は、ちょっと笑って、財布を出した……。

——一人、残ってコーヒーを飲みながら、杉山は自分の立場を考えていた。

泉は、なぜわざわざ杉山を待ち受けてまで——もちろん、偶然会ったはずはない——あんな話をしたのか。

たとえ昔のこととはいえ、杉山は犯罪者だったのだ。その「かつての殺し屋」に、刑事があんな打ち明け話をするのは、まともではない。

あの刑事は、一筋縄で行く男ではない、と杉山はにらんでいた。何か、隠された意図があるはずだ。

もう一つ、杉山の気になったのは、村瀬という男が、帰国しているということである。

ほとぼりが冷めるまで、と、わざわざハワイへやりながら、また呼び返したのはなぜか？——もともと、河畑は気前のいい男ではない。

自分のためなら金も使うが、自分の得にならないことには、一文だって出したがらないタイプだ。成り上り者とは、えてしてそんなものである。

してみると、村瀬という男を呼び戻したのには、よほどの理由がある、と思わざるを得ない。——その「理由」とは？

俺のことか？

杉山と会った直後に、河畑は村瀬を呼び戻したことになる。それは偶然ではないだろう。

当然、杉山が妹尾の妻の父親だということも、分っているはずだ。河畑は、しかも自分の女を、杉山に二度も「寝取られて」いるのだ。

どうやら用心した方が良さそうだ。——好むと好まざるとにかかわらず、杉山は、河畑から狙われるはめになりかけているのを悟った……。

ケーキ屋を出て、杉山はつい無意識に周囲を見回していた。自分を待ち受けている男か車はないか、確かめていたのである。それは昔の習性だった。

杉山はタクシーを停《と》めて、乗り込んだ。

杉山は車を停めた。

この辺だったろうか？——記憶では、確かにこの辺りなのだが、ずいぶん様子が変ってしまっている。

それとも、自分の記憶の方が、長い間に変ってしまったのか。

いや——確か、あの大きな岩が目印だ。間違いない。

車を降りると、杉山は斜面を上り始めた。

岩の辺りまで辿《たど》りつくのに、一苦労だった。

「やれやれ……。もっと下の方にすりゃ良かったよ！」

と、息を切らしながらグチを言う。

といって、誰に文句を言うというわけにもいかないのである。ともかく、あれを埋めたころは、まだ杉山も足腰が弱っていなかったのだから。

岩のわきを回り、少し平らになった林の間へと入って行く。——もちろん、埋めた跡など、目につくわけもない。

多少の見当違いは、覚悟の上だった。折りたたみ式で、短くなるシャベルを持って来ている。

だが――幸運と、記憶力の良さと、両方のおかげだろうが、杉山は一発で、そこを掘り当てることができた。

これが三か所も掘っていたら、へばって、出直して来ることになっただろう。

きっちりと油紙でくるんで紐《ひも》をかけたその包みは、特別虫に食われた様子もなかった。

ナイフで紐を切って、包みを開けると、木の箱が現われる。鍵はさすがに錆《さ》びていたが、ナイフの先で、こじ開けるのは簡単だった。

布にくるんだ、それは、まだ油の匂《にお》いがした。きれいに手入れをしてから、これに納めたのだ。その重さは、杉山にとって意外になじみやすかった。もっと重く感じると覚悟していたせいだろうか。

布を開いて、拳銃をとり出す。

杉山は、持って来た新しい布に拳銃をくるんで、一緒に納めてあったサイレンサーと弾丸の箱を、ポケットへ入れた。

これを、また掘り出すことがあろうとは……。全く思ってもいなかった、と言えば嘘になるが、しかし、同業の連中の多くが、これを持っていないと怖くなって、結局身近に持ち歩き、馬鹿げた喧嘩《けんか》で引っこ抜いて、逮捕されたり、逆にやられたりしてしまったのとは違って、杉山は、それなしでも別に心細いと思ったことはない。何といっても、これはただの道具だ。

肝心なのは度胸と、落ちつきなのである。最新型の機関銃で武装したところで、びびっていたら自分の足を撃ってしまうのがオチだ。

――杉山は車で、家に戻った。

これを本当に使うことになるだろうか？

杉山には分らなかった。もう二度と使いたくないと思っていた――つもりだった。しかし、今こうして身近に置くと、不思議な興奮が、身体の奥からわき上って来るのを感じる。それはただの郷愁とも違うような気がした……。

車を、屋敷の前に着ける。一旦《いったん》車を出て、門の外のインタホンで、ハナ子を呼ばなくてはならないのである。

何しろハナ子は、

「戸締りが第一！」

と、主張して、閉められる所は全部閉めないと気がすまないのだ。

「――はい」

「俺だ。門を開けてくれ」

と、杉山は言った。

「合言葉をどうぞ」

「何だ？」

「冗談です」

ハハハ、と明るい笑い声がインタホンをぶち壊しそうな勢いで飛び出して来た。

電動の門扉が音を立てながら開く。杉山は苦笑しながら、車へ戻ろうとした。

ブォーッとエンジンの音が近付いて来て、杉山は振り向いた。白い車が、スピードを上げながら、突っ走って来る。

杉山は、自分の車の下へと転がり込んだ。

鋭い銃声が三度鳴って、車の窓ガラスが砕けた。破片が雨のように地面に落ちて来る。

キーッとタイヤの音をきしませて、車は走り去った。もう夕暮れ時で、車のナンバーも見えない。

杉山は息をついた。——何てことだ！

ともかく、とっさに体が動いてくれたのが救いだった。心臓が、まるでお化け屋敷へ初めて入る子供のように高鳴っている。

「旦那《だんな》様！——旦那様！」

近所に轟《とどろ》きわたりそうな大声を上げながら、ハナ子が駆けて来た。

杉山が、車の下から這《は》い出すと、

「まあ、良かった！」

と、手を打って飛び上り、「何事ですか、一体？」

「さあね……」

と、杉山は服の汚れを払いながら、「誰か、俺のことを、ギャングのボスとでも間違えたんだろ」

「車の窓が……」

と、ハナ子は目を丸くした。「まるで『ゴッドファーザー』だわ！」

8　二重の鍵

殺し屋という職業にとって、一番難しいのは——むろん、殺しの技術そのものも、習得するのは容易でないが——狙《ねら》った相手を、気付かれないように尾行し、機会をつかむことである。

その点は、若さとか体力よりも、むしろ経験がものを言う。杉山にとって、村瀬を尾行するのは、いともたやすいことだった。

——夜。といっても、そう遅い時間ではない。

九時を少し回ったころ、村瀬は車で、都内の小さなマンションに寄った。

昼間から一日、杉山はレンタカーで村瀬を尾行していた。ともかく、村瀬がどんな男か、知らなければならない。

村瀬は四十五、六の、およそ「殺し屋」には向かない、鈍重なタイプの男だった。見た目も太っているが、実際、動きも鈍そうだ。

河畑が、こんな男を片腕にしているのは、何とも不思議だった。まあ、それだけ

「人材不足」なのかもしれない。

マンションに入って行く村瀬は、両手一杯に、大きな紙袋をかかえていた。ずっと尾行していたので、その中身も分っている。

途中で立ち寄ったコンビニエンスストアで買い込んだ、食物や飲物である。

杉山は首をかしげた。――ここに村瀬の女でもいるのだろうか？

それにしては妙である。買っていたものを見ても、やたらお菓子だのジュースだのが多い。

それとも、本人がここに住んでいるのかな？

いや――そうではなかった。村瀬はすぐにマンションから出て来たのである。とても「愛人」の所へ行って来た、という時間はたっていない。あの紙袋を置いて、ほとんどすぐに戻って来たのだろう。

村瀬が車に乗る。杉山は、車のエンジンをかけ、村瀬の車を追おうと思ったが……。

エンジンを切った。村瀬の車が走り去る。

気が変ったのだ。――このマンションのことが、どうにも気になって仕方なかったのである。

杉山は時計を見た。もう少し待って、このマンションへ入ってみよう。一体誰がいるのだろう？

シートを倒し、体を楽にして、少し居眠りでもするか、と目を閉じた。どんな場所でも眠れる、というのは、この職業に不可欠な技術である。

職業？――よせよ。俺は、この仕事で、金をとるわけじゃない。そうだろう？

自分の身を守らなくてはならないし、それが、克子の亭主と、あの田所一郎という少年の、敵討《かたきう》ちにもなる。

もし、本当に河畑をやれたとして、杉山はまた逃亡の旅へ出なくてはならなくなるかもしれない。

まあいい。どうせ、大して先の長くない身だ。

――杉山はウトウトしていた。

トントン、と窓を叩《たた》く音で、目を開けると、杉山はびっくりした。

克子が、車の中を覗《のぞ》いているのだ。

「――何だ、どうした？」

と、ドアを開ける。

「どうした、じゃないわ。何してるの、こんな所で?」

と、克子は呆《あき》れたように言った。

「まあ……ちょっと時間つぶしだ」

と、杉山は肩をすくめた。

「ごまかしたって、だめよ」

克子は杉山をにらんだ。「車を撃たれたり、何だかわけの分らない外出がふえたり。——また何かやってるのね?」

杉山は、ため息をついて、

「乗れよ」

と、促した。

克子が助手席に座ると、

「俺は好んで、物騒なことをやってるわけじゃないぜ。しかし、古い言葉だが、『降りかかる火の粉は払わなきゃ』って言うだろ?」

と、杉山は言った。

「昔の因縁?」

「そんなところだ。——お前、とばっちりを食っちゃいけない。あの家を出てたらどうだ?」

克子は笑って、

「お父さんの娘なのかしら。危いと思うと、却《かえ》って面白くなるの」

「困った奴だ」

杉山は苦笑した。「しかし、どうしてお前、こんな所に——」

「主人の取引先のお宅がこの近くなの。奥さんと親しくしてたんで、招《よ》ばれて帰るところだったのよ。タクシーが来ないかな、と思って捜してる内に、何だか似た人が乗ってるじゃない」

「そうか」

杉山は、ダッシュボードの時計を見て、「俺は、少し時間がある。家まで送ろうか」

「一緒にいちゃいけない?」

「だめだ」

「分ったわ」

と、克子は肩をすくめた。

杉山は車を走らせた。

克子は、少し疲れていたのか、助手席で、居眠りをしている。――赤信号で停《とま》った時、杉山は娘の横顔を眺めた。

遠い昔の面影があった。ほとんど、抱いて可愛がってやったことのない杉山だったが、夜中に我が子の顔を見ることがあって、あどけなく眠っている克子の、つややかな頰《ほお》が、まるで現実のものとは信じられない気がしたものだ。

これが俺の子か、と思い、感動もした。しかし、その克子に、俺は一体何をしてやれたか。

――後ろの車にクラクションを鳴らされて、杉山は我に返った。信号は青になっていたのだ。

車が走り出すと、クラクションで目が覚めたのか、克子が大きく息をついて、

「いやだ。眠っちゃったみたい」

と、言った。

「着いたら、起こしてやる」

と、杉山は言った。「眠ってて構わんぞ」

「変ね。ちゃんと寝てるのに」

杉山は、少し間を置いて、言った。

「寝顔を見ていると、お前は母さんとそっくりだな」

「そう?」

「俺に似なくて良かった」

杉山は本心からそう言った。「母さんは――俺のことを何か言ってたか?」

克子は、じっと前方を見つめながら、

「お父さんのことを、私が悪く言うと怒ったわ。『どういう人か、分ってて、好きになったんだから、お母さんは幸せなのよ。お前が文句を言うことはないのよ』って」

幸せ、か――。そんなはずはない。

確かに心臓はあまり丈夫ではなかった。しかし、そんな若さで死んでしまうほどではなかったはずだ。

何といっても、杉山の仕事が仕事で、送り出しても、生きて帰るものかどうか、気が気ではなかっただろうし、消されかけた杉山が、姿をくらましてからは、どんなに神経をすり減らしたことだろうか。

俺が殺したようなものだ。——俺が。

運転しながら、杉山は、不意にこみ上げて来る涙を、抑え込まなくてはならなかった……。

あのマンションが見えた時、杉山は、ふと奇妙な印象に捉《とら》えられた。

あれは何だ?——何を騒いでるんだ?

杉山は、克子を家まで送って、またあのマンションへ戻って来たところだった。もう夜中になっていたが、マンションの前には、数人の男女が飛び出して来ていた。

杉山は車を停《と》め、外へ出た。

火事!——あのマンションの三階の一室から、火が出ていた。ベランダへ出るガラス戸の中が、炎で埋まっている。

「危いぞ！」

と、杉山は叫んでいた。「ガラスが飛ぶ！　退《さ》がれ！」

マンションから出て来た人たちは、もたもたしながらも、杉山に言われるままに、マンションから離れた。

「一一九番へは？」

と、杉山が怒鳴った。

「かけました」

と、一人の女性が答えた。「もう来てもいいころなんだけど」

とたんに、パン、と破裂音がして、あの部屋のガラス戸が粉々に砕けた。同時に炎がベランダへ吹き出して来て、上の階のベランダにも、長い舌をのばし始めた。

「みんな避難は？」

と、杉山は訊《き》いた。

「ここ、今は空いた部屋が多いんだ」

と、男の一人が言った。「我々以外は、あの火の出てる部屋だけだよ」

「あの部屋には誰が？」

「さあ……。何だか暴力団の関係者が借りてるって聞いたことがあるけど」

サイレンが聞こえて来る。

杉山は、逃げ出して来た人たちを見回した。その中に、村瀬と関係のありそうな人間は、いないように思えた。

してみると、あの、火の出ている部屋が、そうだったのだろうか？

「だけど、何かしら、一体？」

「暴力団同士の抗争じゃないのか」

と、言う男もいた。

サイレンが、大分近付いて来る。——しかし、とてもあの三階の部屋は手がつけられまい。

「人だわ！」

と、女性の一人が叫び声を上げた。

杉山も息をのんだ。マンションの玄関から、よろけつつ出て来た男がいる。——背中が燃えていた。

「火を消すんだ！」

杉山はその男の方へと駆け出したが、他の人たちは、目の前の光景を、現実のものだと信じられないかのようで、呆然《ぼうぜん》と見ているばかり。

駆け出しながら、杉山は気が付いていた。それが村瀬に違いないということに。

村瀬は、燃える背広を必死で脱ごうともがいていた。

「転がれ！」

走りながら、杉山はそう叫んだ。「転がって消すんだ！」

その時、マンションの建物の角に、黒い人影が見えたと思うと、鋭い銃声が、杉山の耳を打った。杉山が反射的に身を伏せる。

村瀬は、大きくのけぞって、そのままバタッと突っ伏した。

杉山は一瞬迷った。しかし、村瀬を撃った人影は、もうどこかへ消えて、追う方向さえ定かでない。

諦めて、村瀬の方へかがみ込む。一弾が、背中から心臓を貫いていることが、一目で分る。

背広は燃えていたが、もう村瀬は、熱ささえ感じなくなっているのだ。

赤い灯《ひ》が目に入って、消防車が夜の町を突っ走って来る。

杉山は、その場から離れた。——巻き込まれては厄介だ、と思った。

救急車もすぐにやって来て、村瀬を運び込んで連れて行った。もちろん、助かるわけがない。

火は、何とか他の階へ広がらずに食い止められたようだった。——杉山はそれだけ見届けると、車を家に向って走らせた。

しかし——一体何があったのだろう？

村瀬の行っていた部屋から火が出たのだというのは確かだろう。しかし、村瀬は、なぜあそこに戻っていたのか？

そして火はなぜ出たのか。——失火というにはあまりにもおかしい。村瀬を撃った人間が、あの部屋に火をつけたのだと見ていいのではないか。

杉山が村瀬を尾行し、その村瀬が撃たれた。そして村瀬が山のように買物をして運び込んだ部屋が焼けた。

これは偶然だろうか？

厳しい表情で、杉山は深夜の道に、車を走らせていた。いつになくスピードを上げて……。

9　第二幕の後で

第一幕が終ると、大欠伸《あくび》をしながら、河畑は目を覚ました。

「――もう終ったのか」

と、隣の田所布子に大きな声で訊《き》いている。

布子は、周囲を気にしながら、

「まだです。あと二幕ありますわ」

と、言った。

「フン、長ったらしいもんだな」

河畑は、また欠伸をした。幕が開くとほとんど同時に、眠りこけていたのである。

「便所に行って来る」

と、わざわざ大きな声で言って、河畑は立ち上った。

すぐ後ろの席にいる手下が、あわてて立って、河畑について行く。

二階席は階段状になっているので、河畑は、途中、危うく転びかけ、

「何だ、危いじゃねえか！　もっとちゃんと作れ！」

と、怒っていた。

一人、座席に残った布子は、半ばホッとした様子で、同時に、周囲の好奇の目にさらされていることを知っていて、じっと一心に分厚いプログラムに没頭しているふりをしていた。

杉山は、数列後ろの、斜め上方の席から、河畑と布子の様子を見守っていた。念入りにかつらをつけ、口に綿を含んで、顔つきを変えているから、たとえ河畑や布子と目を合わせても、気付かれない自信はあった。

——大がかりな仕掛けで人気を呼んでいるミュージカルの公演である。

もちろん、河畑などには正に「豚に真珠」ということになるだろうが、布子は、それなりに気晴らしのつもりで楽しみにしている様子だった。ただ、周囲の客から見ても、河畑と布子は、まともな夫婦とは見えなかった。

この休憩は十五分。——あと十分か。

杉山は、今夜、ここでけりをつけてしまうつもりだった。

今夜の観劇のことは、布子から聞いたのである。

あの後、布子は河畑の目を盗んで、杉山に会いに来た。——辛《つら》い日々の中で、杉山にすがるように、救いを求めていたのだろう。

あわただしい情事の合間に、布子は、

「今度珍しくミュージカルへ連れてってくれるって」

と、苦々しげに言った。「あなたが私にやさしくしてくれるのを見て、河畑なりにやいてるのね。おかしなもんだわ」

その日取りを、杉山は頭へ入れた。

一週間あった。——その間に、杉山はこのミュージカルを二回見た。評判が良くて、チケットがとれないので苦労したが、それでも何とか潜り込んだのである。

第一幕は全体に明るすぎて、無理だ。第三幕はやや退屈した。——一番の見ものは第二幕で、ここは夜の場面が大部分を占めている。当然、客席も暗く、杉山の目的には絶好の状況と思えた。

既に二回見て、第二幕の途中で、誰しもが一瞬目を奪われるシーンがあることに、目をつけた。——暗い城の中の場面に、突如として青白く光る幽霊が現われ、それが、空中を漂って、客席の上まで飛んで来るのである。

もちろん、他愛のない仕掛けには違いないが、効果とタイミングをうまく計算してあるので、うまい見せ場になっていた。

客の七割方は女性たちなので、その場面になると、場内はキャーキャーと叫び声が上って大変だ。

そしてその幽霊は、客席の真上で、突然七色の光を上げて燃え上る。これには、初め見た時、杉山もびっくりした。

ここだ。——ためらうことなく、杉山はそう決心した。

「——もう帰られますか?」

と、戻って来た河畑に、手下が訊いている。

杉山は一瞬、ドキッとした。ここで帰られてはまずい。

「いや……。ま、退屈なら眠ってるさ」

と、河畑は言った。「おい、コーヒーを買って来い」

「はい」

手下が飛んで行く。

席に戻った河畑へ、布子が言った。

「席で飲んではいけないことになっているんですよ」

「普通の奴は、だ」

と、河畑が言った。「俺は別だ」

布子も、それ以上、何も言わない。

「こんなものが面白いのか」

と、河畑は言った。

「次の幕が色々仕掛けがあって、面白いんですって」

布子も、精一杯、この限られた時間を楽しもうとしている。見ていると、哀れだった。

こんな奴に、何を言ったって、始まらないんだよ……。

手下がコーヒーを持って来た。河畑は、それを一口飲んで、

「もっと砂糖をドカドカ入れろ！　こんなに苦くて、飲めるか！」

と、怒鳴った。

「すんません」

「ま、いい。──座ってろ」

手下は、もちろん用心のためだが、河畑のすぐ後ろの席に座っている。河畑の席は通路ぎわである。

何かあった時には、逃げやすい。しかし、逆に、近付きやすい席でもある。

ブザーが鳴り、やがて照明が落ちて第二幕が始まった。

──杉山は、足下に置いたバッグの中に手を入れた。サイレンサーを取り付けた拳銃を、バッグの中で握りしめる。

音楽が進み、幽霊の出て来る場面が近付くと、杉山は、席を立った。

「すみません……」

小声で詫《わ》びて、通路へ出ると、一番上まで上り、扉のわきに立った。場内がスッと暗くなる。

突然、幽霊が現われると、拍手が起こった。そして、舞台の上を漂っていた幽霊は、音楽の高まりと共に、客席の上へと飛んで来た。

キャーッ、と叫び声が上る。幽霊はまるで本物そこのけに、自由自在に飛び回る。

杉山は、そっと通路の階段を下り始めた。誰も杉山のことなど気付いていない。

特に暗いので、足下もほとんど見えていないのである。

杉山は、ちゃんと階段の数を、数えていた。

「おっ！」

と、河畑が声を上げる。

何のことはない。退屈だ、などと言っておいて、喜んでいるのだ。――楽しんでろよ、せいぜい。

杉山は、一つ手前の、河畑の手下のわきでしゃがみ込んだ。手下の方はもっと単純なのか、ポカンと口を開けて、幽霊の空中散歩を見上げている。

杉山は、左手を固めて、力をこめてその手下の首筋に叩《たた》きつけた。ガクッ、と頭がのけぞって、そのまま気絶する。

よし。――河畑。お前のこの世の見納めが幽霊ってのも、皮肉なもんだな。

幽霊が、天井近くまで高々と吊《つ》り上げられる。音楽がガーンと鼓膜を打つと同時に、幽霊は七色の光を放って、燃えた。

ワーッという歓声。そして拍手。

――杉山は拍手の音を背に、扉を細く開けて、ロビーへ出た。

久しぶりの仕事にしてはいい手ぎわだった。

あの拍手が、まるで、自分の仕事へのものであるかのような気がして、杉山はちょっと微笑《ほほえ》んだ。

――劇場を出て、前面の階段を下りて行くまで、少なくとも、殺しはばれていなかった……。


タクシーを、少し手前で停めて、杉山は料金を払った。

これは杉山のくせというもので、仕事の後は、用心して、家の手前で車を降り、警察が後を尾《つ》けていないか、確かめるのである。

「つりはいいよ」

と言って、杉山はタクシーを出ようとした。

家の門が開いて、車が出て来る。――克子か？

こんな時間に、どこへ行くのだろう？――ふと、直感的な判断で、杉山はまたタクシーの座席に腰をおろしていた。

「悪いが、あの車の後を尾けてくれ」

と、杉山は言った。

「え？」

「見失うなよ」

手早く、一万円札を渡す。運転手はあわててギヤを入れかえ、車をスタートさせた。

――克子の運転する車は、どんどん郊外へと出て行った。

どこかおかしい。別に、克子が夜中に出かけたからといって、杉山が妙に思う理由もないようなものだが、男と会うにしては、方角が奇妙だった。

「大分遠出ですね」

と、運転手が言った。

「金は払う。ついて行ってくれ」

「もちろんです」

――克子の車は、山の中へと入って行った。

こんな所に何の用だ？

「停《とま》りましたよ」

運転手が言って、タクシーも停った。「これ以上行くと、気付かれます」

「ありがとう。――待っててくれるか」

「どこかその辺の木の間に隠れてましょう。娘さんですか、前の車?」

「ああ」

と、杉山は肯《うなず》いた。「娘の恋人を何としても見付けてやりたくてね」

「穏やかに、話し合った方がいいですよ」

と、運転手が忠告してくれる。

杉山は、外へ出て歩いて行った。

――小屋があった。

山荘というほど洒落《しゃれ》た建物ではない。台風でも来たら飛んで行きそうな小屋である。その窓に明りが点《つ》いている。

杉山は、そっと窓辺へと近付いて行った……。

小さな部屋である。――ベッドが一つ、テーブルと椅子。

まるで刑務所だな、と反射的に杉山は思った。そのベッドに、誰かが寝ていた。

ドアが開くと、克子が入って来る。手に、バスケットをさげていた。ベッドに起き上ったのは――子供だった。

男の子。十歳くらいだろうか？　色白の、少しやせた感じの子である。誰だろう？

克子の子であるわけがない。それに――よく見ると、その男の子の顔に、見憶えがあるような気がした。

克子は、バスケットから食べるものをとり出して、テーブルに並べた。男の子は、見ていて哀れになるほどの勢いで、食べ始める。

よほど空腹だったのだろう。克子は、その男の子を、格別の感情もなしに見ている様子だった。

ルルル、と電話の鳴る音がして、杉山はびっくりした。――克子が、携帯電話を持っていたのだ。

克子は電話に出て、何か話していたが――。

「本当？　間違いないのね！」

と、窓越しに聞こえて来るほどの大声を出した。

「やったのね！」

克子は、子供みたいに跳びはねている。

男の子も、食べている手を休めて、呆《あき》れたように克子を眺めていた。

その男の子の表情を見て、杉山は思い当った。――この子は、田所布子とそっくりだ！

あの眉の形、目をパチクリさせるところ……。似ている。

してみると、これが田所一郎なのか？

いや――そんな馬鹿な！

田所一郎は、アパートの前で、白い車にはねられて死んだ。そのはずだ。

だが、今、ここにいる少年の方が、田所布子とそっくりだということは、事実だった。――もし、これが田所布子の息子なら、あの時の少年は、誰だったんだ？

杉山は混乱して来た。

克子は、電話がすむと、男の子に何か言って、急いで出て行った。――杉山は、暗がりの中に身をひそめて、克子が出て来るのを、見ていた。

――田所一郎は、河畑が殺したのではなかったのか。もし、そうだとしても、なぜ克子が、こんな山小屋に、この少年を閉じ込めているのだ？

杉山は、必死で自分を落ちつかせようとした。何か、理屈に合った解決があるはずだ。

何か……。

克子の車が山道を下って行く。

杉山は、その灯《あかり》が遠ざかって行くのを、じっと見送っていた。

バシッという音がした。悲鳴が――ほとんど、かすれて聞こえないほどだったが――聞こえた。

「何も知らなかった、って？　ふざけるんじゃねえ！」

細く開いたドアから、光が廊下に洩《も》れている。

「ボスが撃たれて、隣に座ってても、何も知らねえっていうのか！」

「本当に……気が付かなかったんです……」

布子の声が、弱々しく洩れて来た。

「そうか。――じゃ、せめて、ボスに義理を立てるんだな」

と、男が言った。「ボスの葬儀の時、一緒に葬ってやるぞ。それが女房の義務ってもんだ。なあ」

布子がすすり泣いている。

「――よし。おい、見張ってろ」

と言って、足音がドアの方へ近付いて来た。

タイミングの問題だ。杉山は、息を止めて、待った。

ドアが開く。しかし、男は出て来なかった。

「おい」

と、振り向いて、「その女に手を出すなよ。俺が後でいただく」

杉山は首を振った。――下司《げす》な奴め。

出て来たところを、銃把で一撃する。呆気《あっけ》なく、男は倒れた。

部屋へ入ると、布子のそばにいた若い男がポカンとして、杉山を見ている。

「死にたいか?」

杉山の手の銃を見ると、その若い男はあわてて両手を上げた。「――向うを向け」

気絶させるのは簡単だった。椅子《いす》に縛りつけられた布子が、涙に濡《ぬ》れた顔を上げた。

「大丈夫か。――立てるか?」

手早く縄を切って、よろける布子を、何とか支えて立たせた。顔がはれ上ってい
る。

「ひどい目に遭ったな。――こっちだ」

「あなたが……河畑を……」

「話は後だ。見付かれば殺されるぞ」

杉山は、廊下から裏口へと布子を連れて急いだ。

庭を抜け、通用口を出る。そこにも男が一人倒れていた。

「車に乗って」

と、杉山は言った。

レンタカーである。

後ろの座席へ、倒れ込むように入った布子は、ハッと息をのんだ。

「一郎!」

「しっ。――眠ってるんだ」

と、杉山が言った。「確かにあんたの息子だね」

「そうです！——一郎！」

布子が泣き出した。

運転席についた杉山は、苦い思いがこみ上げて来るのを、じっとこらえた。

真相が、見えて来たのだ。しかし、それは正視するのが辛い、醜い顔をしていた……。

車が走り出した時、突然、目の前にバラバラと男たちが飛び出して来た。

「伏せてろ！」

と、叫んで、杉山はアクセルをぐっと踏み込む。

銃声が、ひとしきり住宅街の夜に、鳴り渡った。


「乾杯」

と、克子は言った。「うまく行ったわね」

グラスが鳴る。

男は、グラスのワインを一気に飲み下して、息をついた。

「旨《うま》いな！」

「久しぶりでしょ、ワインなんて。酔っ払わないでね」

と、克子は笑った。

「久しぶりに、自分のベッドで寝られる、か！」

と、大きく伸びをして、妹尾和哉は言った。

「寝るだけじゃいやよ。私を抱いてくれなくちゃ」

克子は、夫の膝《ひざ》に腰をかけた。

「おい……。疲れてるんだ」

と、妹尾は言った。

「私だって。明日は一日中でも寝かせてあげる。でも、今夜はだめ」

克子は、じっと夫の目に見入った。「私を抱いて。私がやったことに、感謝してくれるのなら」

「当り前さ。——分ってるとも」

克子は、自分から夫を抱きしめてキスした。息苦しくなるほどの、熱いキスだった。

「命がけだったのよ」

と、克子は夫の肩に頭をのせて、「自分との戦いだった。怖かったわ。自分を励まして、励まして……」

「分ってる」

妹尾は、克子の頭を撫《な》でた。「忘れやしないさ。俺は最高の女房を手に入れたんだってことをな」

——やがて、夜が明けるかという時間だった。

妹尾邸は静かだった。寄り添う二人の熱気だけが、空気を揺らしているかのようだった……。

「お腹が空《す》いてる？」

と、克子が訊《き》いた。

「後でいい」

妹尾は、立ち上った。「ベッドへ行こう」

「ええ」

克子が、頰《ほお》を染めて肯《うなず》く。

その時——突然窓ガラスが割れた。克子が悲鳴を上げる。

窓を開けて入って来たのは、杉山だった。

「——お父さん！」

杉山は、ゆっくりと立ち上った。

「びっくりさせて悪かった……」

杉山は、喘《あえ》ぐように息をした。「しかし、本当にびっくりしてるのは、こっちの方だよ」

杉山は、ソファに身をぐったりと沈めると、妹尾を見て、

「あんたが義理の息子ってわけか」

と、言った。

「お父さん……。知ってたの？」

克子が、唖然《あぜん》とする。

「いや。ついさっきさ。——知りたくなかったけどな。窓から、お前たちの様子を見ていて、いやでも分ったよ」

妹尾が、進み出て言った。

「まあ、怒らんで下さい。車を、たまたま知人に貸していましてね。そこをやられ

た。人違いと分ったら、河畑はまた狙《ねら》って来る。あわてて身を隠したんですよ」

「世間には死んだことにしてか。――それは分る。しかし、元殺し屋の父親を見付けて、うまくかついで河畑を殺させようとはね。克子、お前も凄《すご》いことを考えたもんだ」

「いけない？」

と、克子は挑みかかるように、「自分じゃとても河畑を殺すことなんてできないわ。主人だって、そんな人間、雇えないし。私が思い付いたのよ。お父さんを捜し出せば、私に負い目があるんだから、きっと、代って敵《かたき》を討ってくれる、って」

「あなたを騙《だま》したのは、お詫びします」

と、妹尾が言った。「しかし、すべては克子が私のためにやったことでしてね。――あなたの腕は大したもんだ！　ニュースで河畑がやられたと知って、こうしてやっと自分の家へ戻って来られましたよ。充分にお礼はさせてもらいます。どこか好きな外国へでも行って、何年か遊んで来て下さい」

克子は夫を抑えて、杉山の前に立つと、

「怒る権利はないわよ。お母さんと私を捨てて行ったんだから。――お母さんの苦労を、放っておいた人なんだから。忘れたことはないわ」

と、厳しい口調で言った。

「分ってる」

杉山は肯いた。「しかし、なぜ、そう言わなかった？　河畑を殺してくれ、と言われた方が、俺には良かったんだ」

「お父さんだって死ぬかもしれなかったのよ」

「覚悟していたとも」

「まあ、ともかく、無事に片付いたんだ」

と、妹尾が割って入ると、「お疲れでしょう。今夜はどこかホテルにでも泊った方がいいかもしれない」

「そうはいかん」

と、杉山は首を振った。「――もう一人、死んだ人間がいる」

「何のこと？」

と、克子が眉《まゆ》をひそめる。

「おかしいと思うべきだった」

と、杉山は言った。「白い車。——わざと河畑の車に似た車を選んだんだろうが、考えてみると、河畑が自分の車で人を殺したりするはずがない。あれはでたらめだったんだ。——そうだな？」

「何の話？」

克子は戸惑っていた。——妹尾が、肩をすくめて、

「大したことじゃない」

と、言った。「君が、この人をバーから連れ出した後、あの少年がやって来たんだ。いつもその少年を殴っちゃ金を巻き上げるチンピラがいるとかで、この『元殺し屋』さんに、殺してくれと頼みに来たんだ」

「あんたは、それを利用した。ちょうどその少年が、河畑の女、田所布子の子供と同じくらいの年齢なのを見て、思い付いたんだな。俺の所へよこして、親の敵を討ってくれ、という作り話をさせた」

「克子から、あなたのことは聞いてたからね。——金よりも人情で動くだろう、と思ったし、それに、たやすく河畑を殺す気にはなるまい、と思ったんだ」

「河畑を、よほどの悪玉に仕立てないと、ってわけだな」

杉山は首を振った。「俺が断るのを見越して、あんたは白い車を借り、外で待っていた。そして俺の見ている前で、あの子をはねて殺した……」

克子が、真っ青になっていた。

「あなた……。本当なの？」

「たかが浮浪児一人だぜ。どうってことはないさ。あれがあったからこそ、あなたも河畑を殺す気になった。――そうだろう？」

「まあな」

杉山は、肯いた。「河畑はもちろん、屑《くず》みたいな奴だ。あんたを殺そうとし、田所布子の亭主も殺した。しかし、彼女の息子は、マンションに閉じ込めていたんだ」

「あなたが村瀬の後を尾《つ》けてるのを、人を雇って見張らせてたんでね。あの子を発見されると、まずいことになる。それで、子供を連れ出した」

「火までつけなくても！　あそこで子供の面倒を見てた女が焼け死んだんだぞ」

「知らなかったんだ。運が悪かったのさ」

「それに、村瀬を撃ったな」

「あいつは、こっちを殺そうとしたんだ。やって当然だろう」

言い返して、妹尾は、チラッと克子の方を見た。

克子の、夫を見る目は変っていた。

「あなた……。本当に——人を殺したの？」

「向うがしかけて来りゃ、仕方ないだろう？　これで終りさ。河畑がいなくなりゃ——」

「終らんよ」

と、杉山は首を振って言った。「人を殺して手に入れたものは、人を殺して守るしかないんだ」

「ともかく、あなたの指図《さしず》は受けない」

と、妹尾は息をついて、「河畑をやったのはあんただ。追われて殺される前に、逃げた方が利口だね」

「河畑が死んだのも、村瀬が死んだのも、そして俺が死ぬのも、大したことじゃない」

と、杉山は言った。「しかし、あの少年を殺したのは、許せんね。あの子が何をしたんだ？」

「お父さん」

　と、克子が言った。「知らなかったのよ！　あの――田所一郎って子を、山奥の小屋へ――」

「あの子は母親のもとに戻った。もう大丈夫だ」

「お父さんは――」

　と言いかけて、克子は息をのんだ。「血が！　お父さん、けがしてるのね」

　足下のカーペットが、血を吸い込んでいる。

「克子。言ったろう。俺はいいんだ」

「救急車を今――」

「待て」

　杉山は、拳銃を、妹尾へ向けた。「克子、お前のためにしてやれることが、あと、一つ、ある……」

　妹尾が青ざめた。

「おい！　克子、やめさせろ！　銃をとり上げるんだ！」

「河畑の奴でも、死ぬ時は静かだったぜ」

と、杉山は言って、突然の痛みに呻《うめ》いた。

妹尾がパッと駆け出した。居間を飛び出したとたん——ゴーン、という奇妙な音がした。

妹尾が頭をかかえて、よろけながら戻って来る。そして、バタッと倒れた。

「ひどい奴！」

と、声がして、パジャマ姿のハナ子が、大きなフライパンを手に、入口に立っていた。

杉山は笑った。痛みを伴う笑いだった。

「——おい、ハナ子、こいつを警察へ……。色々、悪いことをやってるだろうからな。殺さなくて良かったかもしれん」

「分りました！」

と、ハナ子がしっかりと肯く。

「お父さん……」

「このまま死なせてくれ」

と、杉山は言った。「救急車なんか呼ぶと……撃つぞ」

克子はパッと立つと、ハナ子の方へ、

「そのフライパンを貸して！」

と、手を出した。

「はあ？」

「いいから！」

フライパンをつかむと、克子はそれを振り上げた。

「おい——」

杉山が目をみはる。

ゴーン、と鐘でもついたような音がして、杉山は気絶してしまった。

「ハナ子さん！　パトカーと救急車を！」

と、克子は命令したのだった……。

エピローグ

「全く……」

と、杉山はぼやいた。

「父親をぶん殴って、刑務所へ入れる娘ってのがあるか」

「まだ入ってないでしょ」

と、ベッドのそばでリンゴの皮をむきながら、克子は言った。

病室には、暖かい日射しが溢《あふ》れている。杉山はムッとした顔で、リンゴを食べさせられるままになっていた。

「平均寿命ものびてるし、大丈夫。出所してからも、結構長生きできるわよ、お父さんなら」

「お前の再婚の邪魔になる」

「二度と結婚なんかしないわ」

と、克子は言った。「残念でした」

病室のドアがそっと開いた。

「あら……」

田所布子がおずおずと入って来た。

「いかがですか、具合は」

「ええ、もういつでも刑務所へ入れる、って喜んでます」

「克子！」

「ごゆっくり。私、ちょっと売店に行って来ます」

克子が出て行くと、布子はベッドのわきの椅子に座った。

「何とお礼を申し上げていいのか……」

と、布子は言った。「一郎も、もう悪い夢でうなされることがなくなりました」

「そりゃ良かった。――もう、あんな世界に関わり合わないようにすることだ」

「ええ」

布子は肯《うなず》いて、「刑期は……どれくらいになりますの？」

「さてね……。何年になるにしろ、出て来た時は、もうろくしてますよ」

「構いません」

杉山は目をパチクリさせて、

「何が?」

「私、待っています。あなたと再婚する、と決めたんです」

「何を……。馬鹿言っちゃいけない!」

布子がいきなりキスして、杉山の言葉を封じてしまった。

——杉山の血圧が急に上ったことは、病院の記録にも残っている。

パパは放火魔

1

「買物に行こうよ」

内山久仁子《うちやまくにこ》がそう言った時、正直なところ、則子《のりこ》は気が進まなかったのである。

しかし、至って内気な久仁子にとっては、こんな休日に付き合ってくれる相手は則子だけで、しかもちょっとした「盛り場」を歩くのも怖いというからには、買物にでも行くしかない。則子は、いやな顔をしないために、多少の努力は必要としたが、何とか、

「うん、いいよ」

と、返事をしていたのだった。

待ち合わせたのは駅前のロータリー。カラフルな花が開いている円形の花壇の周囲には、二人と同じくらいの年齢の少女たちが、大勢いた。——そうそう、二人は十四歳、中学の三年生で、今、爽《さわ》やかな秋を迎えたところである。

「——で、どこに行く?」

と、二、三歩行って、則子は足を止めた。「Sデパートならあっちだし、Tプラザなら左。Hロードなら、駅の下くぐって反対側に出る」

「わあ、分んない」

と、方向音痴を自認する内山久仁子は、お手上げという格好で、「則子に任せるよ」

「だって、どんなもん買うかによって、全然違うでしょ」

と、則子は理屈の通ったことを言った。

「うん……。色々なの。でも、どうしても、っていったら、ポシェットの新しいのかなあ……」

「だったら、Tプラザだね。ともかく行ってみよ」

「うん！」

久仁子がホッとしているのが、一目で分る。ともかく、行先がはっきり決っていて、わき目もふらずに歩いていないと、久仁子は不安なのだ。

そんな久仁子の性格を、則子はよく分っていた。何しろ小学一年生の時からの付き合いである。

——秋の日。

昨日は夕方から風が強くなって、おかげでいつもは灰色の網でもかけたような都会の空が、今日は抜けるように透き通っている。まあ、一日かそこいらのことだろうが……。

でも、昨日、体育祭の間に風がひどくならなくて良かった。則子は特に、風が吹けばもろ、砂埃《すなぼこり》を正面からかぶる位置に座っていたのだから。

ともかく、無事に終って、後で役員テントとかを片付けていた母親や先生たちは、風にあおられ、苦心惨憺《さんたん》、という有様だったようだ。そのころには、則子たち生徒は、一足早く帰路についていたのである。

則子の母、水浜《みずはま》めぐみは役員だったので、大きなやかんを両手で提げて運んでいて、めくれたテントの布を頭からかぶって、引っくり返ってしまったとか。——帰宅してから、自分の「受難」を、身振り手振りで話して聞かせたものだ。

しかし、聞いている父の水浜浩一と則子は、その光景を想像しただけで、腹をかかえて笑い転げずにはいられなかった。おかげで、めぐみはすっかりむくれてしまったのだが。

そして――今日。

日曜日だった昨日の代休で、今日は当然月曜日。平日である。

日曜日には、身動きできないくらいの若い子たちで埋まるこの町も、今日はそれほどじゃない。則子たちと同様の「代休組」も少なくないようだったが、それでもいつもの混雑が嘘《うそ》みたいだ。

ともかく、誰にもぶつからず、またクネクネと人をよけて歩かなくてもいいのだから！

「――則子」

赤信号が変るのを待っていると、久仁子が言った。

「うん？」

「今、思い出したんだけどさ……。別に、どうしてもっていうんじゃないけど、もしあれだったら――」

久仁子のこの遠慮がちなしゃべり方には、長い付き合いの則子ですら、苛々《いらいら》させられる。

「何なのよ」

「則子のお父さんって、デパート、この近くに勤めてるんじゃなかったっけ」

「うちのお父さん？」

そう。——言われてみりゃ確かに。

水浜浩一は、Nデパートの在庫課長である。——もっとも、この近くのNデパート本店に勤め出してまだ一年。

それまでは系列のスーパーで、店長をやっていた。ずいぶんあちこちの店を渡り歩いた挙句、やっとデパートの本店！

一年前、父がその辞令をもらって来た日、父と母が二人で泣いているのを見て、則子もついもらい泣きしてしまったものだ。

もっとも、後では、少々馬鹿らしくなったけれど……。

「この近くね、まあ」

と、則子は肯《うなず》いた。「それがどうかしたの？」

「せっかく近くに来てるんだから、行ってみたらどうかな、って思ったの。でも、迷惑なら——」

「だめよ、そんなの！」

と、則子は笑って言った。「さ、信号、青だよ。行こう」

二人して、信号を渡って行く。——則子は、Tプラザの方へ向って、歩いて行ったが……。

待てよ。久仁子の考えも、そう悪くないかもしれない、と思った。

確かに則子は、父がデパートに移ってから、一度も仕事している姿を見ていない。それに、一応は本店の課長だ。

スーパーの時には、いつも行くと、大きな柄のエプロンつけて店先で叫んでたりするので、少しも恥ずかしいことじゃない、と頭で分っていながら、やはり則子は顔を赤らめずにはいられなかったものだ。

今は、そんなこともないだろう。父だって、一度ぐらい、自分がさっそうと（かどうか知らないけど）働いているところを、娘に見てほしいかもしれない。

加えて、もし父の機嫌が良ければ、何かおごってくれるかもしれないし、その時間がなくても、こづかいぐらい渡してくれるかもしれない。

どっちにしても、則子たちに損になることはないようである。

「ね、久仁子」

足を止め、則子は言った。「行ってみるか！」

「うん！」

久仁子は、きっと行ってみたくてたまらなかったのだ。その気持を、あの程度に、控え目にしか表現できないのが、久仁子という子なのである。


「課長」

と呼ぶ声で、水浜浩一は顔を上げた。

「うん？　何だい？」

「お客様――」

と言ったきり、後が続かなかった。

金井育子は、水浜の顔を一目見るなり、吹き出してしまったのだ。

「おい、何だよ」

と、水浜は苦笑して、「人が真っ黒になって頑張ってるのに」

「すみません……。だって――」

と笑いでとぎれとぎれになりながら、「お客様です……」

「今行く。――誰だい？」

「ともかく、ちゃんと顔を洗ってからにした方がいいと思いますけど」

金井育子はまだ笑っていた。

「こいつ！　そんなにおかしいか？」

と、にらんでやったものの、金井育子は、水浜の一番頼りにしている部下である。

二十七歳。独身だが、きびきびとよく働き、男性社員にもにらみをきかせている。

部下とはいえ、水浜よりも、この本店の仕事ではずっと古い。水浜は、この一年、ずいぶん彼女に助けられて来た。

美人という顔立ちではないが、目がキラキラと輝いていて、魅力的だった。

「――あちらの洗面所で洗って来られた方がいいです」

と、金井育子は手で示した。

「どうして？」

「お客様の前に、その顔で出られるんですか？」

「まあ……そうか。分ったよ」

一体誰だっていうんだ？

水浜は、足早に社員用の洗面所へ入って、ほとんど肘《ひじ》の辺りまでかぶっている埃《ほこり》を洗い落とした。それから初めて鏡の中の自分を見て、吹きだしてしまった。

まるで煙突の中へでも頭を突っ込んだみたいだ！

三回も洗って、やっとまともな顔になると、水浜は洗面所を出た。ネクタイをキュッとしめ直し、髪を手でなでつける。

四十歳ともなると、どうしてもお腹は少し前方へせり出して来る。しかし、髪の方は充分にふさふさとして、白いものも混じってはいなかった。

「——どうも、お待たせ……」

と、出て行って、水浜は啞然《あぜん》とした。「何だ！　どうしたんだ、一体？」

「一度、お父さんの職場を見たくてさ」

と、則子は言った。「久仁子も来たいって言うから」

「お邪魔してすみません」

と、久仁子は頭を下げた。

もちろん水浜は、久仁子のこともよく知っている。長い付き合いなのだから。

「構わないんだよ、ちっとも。——買物か？」

「うん。ね、少しは安くなる？」

「ああ。何か買うなら、ついて行ってやる」

「やった！」

と、則子はピョンと飛び上った。

「ただ……。そうだな」

と、水浜は腕時計に目をやった。「昼食はまだだろ？　あと二十分待ってくれたら、昼をおごるよ」

「どうせ見て回ってる」

「じゃ、二十分したら、ここに来い。この近くへ出よう。裏手の方に、色々店がある」

「ごちそうさん」

と、則子は言った。「じゃ、一階のアクセサリー見てる」

「ああ。どれがいいか決めとけ。後で一緒に行ってやる」

「よろしく」

と、則子は、わざとていねいに頭を下げてやった。「じゃ、後でね。課長さん」

則子が久仁子を促して、売場を通り抜けて行く。

金井育子がやって来た。

「課長のお嬢様ですか」

「うん。小柄な方がね。もう一人は友だちなんだ。小さいころから良く知ってる」

「中学生ですか?」

「三年生だ。もう来年は高校だよ。全く……」

と、水浜は一人でため息をついて、「ね、金井君」

「はい? 借金の申し込みですか」

「よせやい。娘に昼をおごるくらいの金は持ってるよ」

「失礼しました」

「それより――この近くで、女の子の喜びそうな店って、どこだろうね」

「色々ありますけど……。可愛い感じの所ですね」

「うん。ただ、あんまり可愛すぎても、僕が入りにくくて困る」

と、水浜は言った。「それと……あんまり高くても困る」

「難しい条件ですね」

と、金井育子は笑いをかみ殺して、「考えますわ。お昼、あんまりＯＬの押しかけない店の方がいいでしょうしね」

「頼むよ。——僕は席に戻ってる。いくつか電話しなきゃいけない所があるんでね」

「はい」

水浜は、ちょっと売場を見渡すと、歩き出した。

一階にエスカレーターで下りて来た則子と久仁子は、アクセサリーの売場を捜し始めていた。

「あのネッカチーフ、可愛い」

と、則子が言った。

「うん……。則子のお父さん、少し太った？」

「少しどころか」

と、則子はオーバーに嘆いて、「でも、本人には言わないでね」

「うん」

と、久仁子は肯《うなず》いて、「でも、すてきよね、則子のお父さんって」

「そう?」

「うちなんか、年齢《とし》だもん」

確かに、久仁子の家は医者で、父親はもう五十代の半ば。四十歳の水浜と比べると、十四、五歳も違うのだから。

「——あの辺かな、アクセサリーって」

と、則子が指さす。

「見えない」

久仁子は近視である。

「たぶんそうよ。行ってみよう」

二人が、客の主婦たちの間を分けて進んで行く。一階は、ほとんどが主婦である。

地下鉄とつながっているせいもあるのか、一階の人出はかなりのものだった。

もっとも二人の目指すアクセサリーの売場は空いていた。本物の宝石などは、ここでは扱っていない。

「ぶらぶらしてよう」

と、則子が言う。

「うん」

久仁子は一人にされるのが、いやなのである。則子にくっついて歩いている。

「そのお財布、いいね」

と、久仁子が足を止めた時だった。

デパート全館に、非常ベルが鳴り渡ったのである。

2

非常ベルの鳴る少し前、一旦《いったん》席に戻った水浜浩一は、電話を受けていた。

「水浜です」

「田ノ倉だ」

「部長、何か――」

「うん、ちょっと頼みがある。来てくれんかね」

「はい、ただいま」

田《た》ノ倉肇《くらはじめ》は管理部長である。水浜にとっては直接の上司に当っている。一階上って、水浜は売場と仕切られた一角へ入って行った。

「失礼します」

と、ドアを開けると、ちょこちょこと小さな男の子が走り出て来た。

五、六歳だろう。色白で、可愛い顔立ちである。元気よくトットと走って行く。

水浜がドアを開けたまま、ポカンとして見送っていると、今度は、

「公平ちゃん！　待って！」

と、母親らしい女性が駆け出て来て、あわてて子供の後を追いかけて行った。

水浜が覗《のぞ》き込むと、

「来たか。入ってくれ」

と、田ノ倉が手招きする。

田ノ倉肇は五十八歳。いかにもデパート一筋で来た人間らしく、人当りの柔らかい、優しい人柄だった。

もちろん、それが見かけだけって人間はいくらもいる。しかし、少なくともこの一年、水浜がその下で働いて来て、田ノ倉から、理不尽な責任をとらされたり、無

茶を言われたりしたことはない。

個人的にも、水浜は田ノ倉のことが気に入っていた。

「部長。——今のは、お孫さんですか?」

と、水浜はデスクの前の椅子に腰をかけて、言った。

「ああ、そうだよ」

と、田ノ倉はつい笑みがこぼれる、といった表情で、「ただし、先に出て行った方がね」

「はあ?」

「後から追いかけて行ったのは、私の娘だ。精神年齢は孫と大して変らんが」

水浜はつい笑ってしまった。

「しかし、可愛いお孫さんで」

「ああ。娘は一人っ子だし、あれが初孫ということだ。ここへ来りゃ、こづかいをせびれると思っとる。——娘の方が、だぞ」

「甘いんでしょう、部長も、お嬢様には」

「そうだな。いかんとは思うんだが……」

田ノ倉は首を振って、「向うも心得とって、用がある時は、必ず公平を連れて来る。あれを見ると、こっちがメロメロになるのが分っとるんだ」

「作戦勝ちですね」

「同じ手でいつもやられる。これじゃ、勝負にならんよ」

と、田ノ倉は苦笑した。「ところで、君に頼みがあってね」

「何でしょうか」

「うむ。個人的なことなんだ。誠にすまんとは思うんだが」

珍しいことだ。田ノ倉は公私をきちんと分ける人間で、めったなことで、自分の用に人を使うことがない。

「それはどういう……」

「実はね、今の孫の公平のことなんだ。今、五歳で幼稚園に通っているが、小学校で、ある有名な私立校へ入れたい。ま、私はどうでもいいと思っとるが、娘はそうしたがっているんだ」

「なるほど」

「まだ先のことにはなるが、入学のためには、今の内から、目指す学校にコネをつけて、きちんと挨拶《あいさつ》しておかにゃならん」

田ノ倉はお茶を一口飲んで、顔をしかめ、「冷めてるな」

「いれて来ましょう」

と、立ち上りかけると、

「いや、いい。お茶ぐらいは自分でいれるよ。少しでも運動になるし」

と、田ノ倉は手を振った。「実は、その小学校に、やっと知り合いを通して、話をした。それで、明日、先方へ挨拶に行かねばならん。ところが私は明日、大阪へ行く用事があるんだ」

「ああ、例の見本市ですね」

「そうだ。そこで——君も忙しいのに悪いんだが、娘たちについて行ってやってくれないか。もちろん会社の用として出かけて構わん。向うに午前十時、三十分もあれば用はすむだろう」

「かしこまりました」

と、水浜は言った。「それぐらいのこと、喜んでお手伝いさせていただきます」

「いや、ありがとう」

と、田ノ倉はホッとした様子で、「明日はその後、出社して来なくてもいいよ」

「そんなわけにもいきません」

と、水浜は笑った。「それで——お嬢さんのご主人は？　一緒には行かれないのですか」

「娘の亭主は——吉沢というんだが、もうここ三年、アメリカだ。本当なら、娘たちもついて行けばいいんだろうが、何しろ苦労というものの嫌いな奴でな。孫の幼稚園にかこつけて、亭主には単身赴任しろ、ということになった」

「そうですか」

ま、その辺の事情は水浜の知るところではない。

そこへちょうど、さっき「脱走」した男の子と、その母親が戻って来た。また逃げられないように、しっかり子供の手を握っている。

「おい、香苗」

と、田ノ倉が言った。「これが水浜君だ。明日、一緒に行ってくれる」

「初めまして」

と、水浜は立ち上って言った。「在庫課長の水浜です」

「どうも」

と、その若い母親はにこやかに、「吉沢香苗です。これは公平。――ともかく、私、凄《すご》い方向音痴なんで、明日はよろしくお願いします」

「かしこまりました」

明るいものの言い方は、水浜を笑顔にさせた。

「ここに明日の詳細が書いてある」

と、田ノ倉が水浜に封筒を渡した。「よろしく頼むよ」

「お父さん、私、帰るわ」

と、吉沢香苗が言った。「お昼に友だちが来ることになってるから」

「分った。――水浜君、早速ですまんが、娘を駐車場へ送ってやってくれんか。このデパートの中でも迷子になる奴だ」

「分りました。――じゃ、参りましょう」

水浜はドアを開け、二人を通した。孫の公平が、振り向いて、

「おじいちゃん、バイバイ」

と、手を振った。

確かに、これには勝てまい、と水浜は思ったのだった……。

「――従業員用エレベーターで参りましょう」

と、先に立って案内しながら、水浜は言った。「その方が空《す》いていますし、速いですから、あんまりきれいじゃありませんが」

「お仕事中、悪いですね」

「いや、とんでもない」

エレベーターで地階へと下りて行く。

「水浜さんとおっしゃるんですか」

「はあ」

「一年ほど前までスーパーの方に？」

「そうです」

「やっぱり」

と、吉沢香苗は肯《うなず》いた。

「やっぱり、というと？」

「父がよく話してますから。『スーパーで、きたえられてる奴は違う』といつも言ってます」

お世辞を言うような女性ではない。水浜は素直に嬉《うれ》しいと思った。

「ご主人がいらっしゃらないとか。お寂しいですな」

「そうですね。——色々忙しくして、紛らわせてます」

吉沢香苗の口調は、ハッとするほど真剣そのものだった。言って悪かったかな、と思った。

エレベーターが地階へ着く。

「車はどちらに?」

「あの隅の赤いのです」

と、指さして、「ありがとう。明日のことは——」

「部長のおっしゃる通りにします」

と、水浜は言った。「では、これで」

若く見えるが、子供が五歳ということは、もう二十八ぐらいにはなっているのだろう。自由にのびのびと育った良さが、屈託のない表情に出ている。

赤い小型車が、駐車場から出て行くのを、水浜は何となく見送っていた。——あまり上手《うま》いドライバーとは言えなかった。

さて、戻らないと、則子たちが上って来てしまう。

水浜が、エレベーターの方へ歩きかけた時、けたたましく、非常ベルが鳴り始めた。


「——あれ、何？」

と、ベルが鳴り始めた時、先に口を開いたのは内山久仁子の方だった。

「何か鳴ってるね」

と、則子も足を止め、周囲を見回した。

ほとんどの人が、一応足を止めているが、避難する人間など、一人もいない。

中には、ベルの音など全く無視して、買物を続けている人もいた。——まあ、大丈夫よ。きっと間違いで鳴っているのよ。

その内、鳴り止むだろう。そして、

「ただいまのは間違いでした」

とか、

「訓練でした」

といったアナウンスが――。

でも、いやに長い。――しばらく鳴り続けていたので、さすがに不安がる人も出て来ていた。

「おかしいよ」

と、久仁子が、則子の手をつかむ。「何かあったんじゃない？」

「そうね。でも……」

人間というやつ、大きな災難は、必ず自分をよけて通ると思い込んでいるものらしい。

売場の店員も、一向に動こうとしない。

これ――本当かしら？　まさか！

そこへ、大きな音量で、

「お知らせします。ただいま四階辺りより火が出ました。ボヤ程度でございますので、ご心配には及びませんが、一応、係員の指示に従い、一旦《いったん》デパートの外へお出になって下さい。くり返します……」

と、アナウンスが流れた。

「本当の火事？」

と、みんなが、互いに知らぬ顔でも、見合わせて、訊《き》き合っている。

「則子！　どうしよう」

と、久仁子は早くも青ざめている。

「落ちついて！　ここ、一階よ」

「そうか！　助かった」

「でも、お父さんは……」

と、則子が言いかけた時、何か地響きのような音がした。

ドドド……。大波のように押し寄せて来る感じだ。

「煙だ！」

誰かが叫んだ。――誰が叫んだのか、ついに分らずじまいだったが、非常ベルよりも、むしろその一声が、混乱を引き起こしたと言ってもいい。

どこを捜したって煙なんてないのに、みんな、誰かの声を聞いただけで、本当に煙っているように思えて来たのである。

たちまち人々は出口へと殺到し始めた。

〈誘導係〉の腕章をつけた男の社員が駆けつけて、

「落ちついて下さい！」

と、力一杯怒鳴った。「危険はありません！　ゆっくりと出られて大丈夫です」

「さ、ともかく出よう」

と、則子は久仁子を促して、出口へと歩き出した。

人に押されて、なかなか思うように進めないのだから！

そこへ——あの地鳴りの正体がやって来たのである。

上の階から、階段を下りて来た人たちなのだ。何百人か——いや、それ以上、いるかもしれない。

ともかく、その人たちが、ワーッと出口へ殺到する。たちまち出口の辺りは人で埋めつくされてしまった。

「早く出ろ！」

「何やってるんだ！」

と、怒声が飛ぶ。

「落ちついて下さい！」

と叫ぶ誘導員の声は、かすれて、聞きとれない。

「久仁子！　大丈夫？」

と、いささか則子も焦っている。

人波に押されて、久仁子が離れてしまうのだ。

「やめて！——則子！」

「久仁子！　外で！——外で！」

則子は力一杯叫んだ。

危かったのだ。

ガラスの割れる音が、またきっかけになってしまった。

「逃げろ！」

「急いで！」

金切り声が上る。

「押さないで！」

という声もあるが、誰も注意を払わない。

則子は、人の流れの中に押し込まれ、巻き込まれた。歩いている、という感覚はない。地に足が着かないまま、運ばれている感じである。

もちろん四方八方からギュウッと押されて、息もできない。たまたま手を上に上げていたので、良かったのだが、体をねじられたら、きっと腕でも折っていたに違いない。

気が付くと、もう体はデパートの外に出ていた。ワーッと人波が散って、足が地面に着く。押されて引っくり返らないように、そのまま自分も走り出さなくてはいけなかった。

通行人や、近くのビルの人も出て来ている。歩道はたちまち人で溢《あふ》れた。

久仁子！――久仁子はどこだろう？

でも、とてもこの凄《すご》い人の流れの中では、捜すことなどできない。――心配だった。久仁子が人の下敷きにでもなっていたら……。

精一杯、伸び上って見ていると、急に手をつかまれてびっくりした。

「久仁子！　大丈夫だった？」

「うん」

久仁子はひどい様子だった。バッグもなくなっているし、髪の毛もクシャクシャ。しかし、けがしている様子はない。

「危うく転びそうになって……。必死で棚につかまってたの」

久仁子は真っ青になって息を弾ませている。「二、三人、転んで踏まれたみたい。助けてあげたかったけど、とても……」

「無理よ！　ともかく自分の身を守んなくちゃ。でも、良かった！」

二人はしっかりと手を握り合った。

次々に人がデパートから吐き出され、道をふさぐ。車道も人で埋まって、車の流れが止っていた。

「見て、あれ！」

と、久仁子が上を見て言った。

デパートの四階辺りの窓から、黒い煙がモクモクと、まるで実体のある塊のような厚みを感じさせながら、吹き出していた。

「本当に火事なんだ……」

と、久仁子は言った。

「うん――。お父さん……」

と、則子は呟《つぶや》いた。

「そうだ！　則子のお父さん、中に？」

「それはそうよ。だって――社員なんだもの、お客さんを無事に逃がさなきゃ」

でも――お父さん、生きてて、と則子は心の中で言った。他に誰が死んだってい
い。お父さん、生きてて！

――消防車のサイレンが、あちこちのビルの谷間に反響しながら、聞こえて来ていた……。

3

則子は、玄関の方で物音がしたので、パッと跳び起きた。

自分の部屋から出ると、パジャマ姿で玄関へ。――父が、靴を脱いでいるところだった。

「お父さん」

「――則子」

水浜浩一は、疲れ切った顔に、微笑を浮かべた。「けが、なかったか?」

「うん……。お父さん、大丈夫?」

「大丈夫だ。くたびれたけどな」

「あなた」

と、めぐみが上衣を脱がせて、「お風呂《ふろ》へ入る? それとも何か食べる?」

「そうだな……。ともかくお茶をくれ。少し休む」

水浜は、居間のソファに、ぐったりと身を沈めた。「――そうだ。則子、あの子もけが、なかったのか?」

「久仁子? うん、バッグなくしたけど」

「そうか。ともかく良かった」

と、息をついて、「ま、けがした人にとっちゃ、ちっとも良かないだろうが」

めぐみが持って来た熱いお茶を、水浜は一気に飲み干してしまった。

「もう一杯くれ。水の一口も飲めなかったんだ」

めぐみが、すぐにお茶をいれ直して、持って来る。

「亡くなった方は出たの？」

「いや、それはない。まあ、不幸中の幸いだな」

「じゃ、けが人だけで……」

「重傷が三十五人、軽傷二百。——明日になりゃ、もっとふえる。大変なことだ」

「デパートの中は？」

「スプリンクラーの水をかぶって、商品がだめになってるが、まあ、それはともかく、四階だけが少し焼けた。その一角は当分仕切っておかないとな。原因の調査もある」

「大変ねえ」

と、めぐみがカーペットに座って、「何か……責任問題が？」

「そりゃ当然あるさ。もちろん、原因がはっきりしてからだが」

「原因、分ってないの？」

と、則子が訊《き》いた。

「今のところはな」

と、水浜は手を振って、「どうも、いつも火の気のない所なんだ。それに客の出入りする場所じゃない。——社員のタバコとか、その辺じゃないか」

「賠償が大変ね」

「しかし、死者が出なかったのが幸いさ」

と言って、水浜は欠伸《あくび》をした。「ああ、足が棒だ！——まだ現場の整理はすんでないんだが、一足先に帰って来た」

「ゆっくり眠って。先にお風呂に入ったら？」

「そうしよう」

水浜は深く息をついて、立ち上った。

——もちろん、電話で、お互い無事だということは分っていたのだが、本当に顔を見るまで、則子も心配で眠れなかったのである。

「一階にいて、良かった」

と、則子は言った。「お父さん、ベルが鳴った時、どこにいたの？」

「俺《おれ》は地下の駐車場で、来客を見送ってたんだ。ベルの鳴るのを聞いて、階段で上まで上った。もう膝《ひざ》がガクガクだよ」

水浜は、則子の肩を叩《たた》いて、「お前たちのことが心配だったが、他のお客さんにも責任がある。——ともかく良かった」

「うん」

則子は、少し、目頭が熱くなった。「私も」お父さんのこと、心配だったよ、とは言わなかったが、でもそんなこと、言わなくても分っている。——ね？

「さ、もう遅いぞ。寝ろよ」

と、水浜は則子の背中を押そうとして、お尻を押してしまった。

「やだ、お父さん！　エッチ！」

と、則子は声を上げ、それから笑ってしまったのだった……。


大丈夫。何も心配することはない。

家族には、そう言わざるを得ない。そうだろう？

水浜は、熱い風呂に顎《あご》までつかりながら、不安から逃れられなかった。

もちろん、客に死者が出なかったことでホッとしたのは事実である。しかし、重軽傷者が合わせて三百人近くも出たら、Nデパートとして、誰かが責任をとらないわけにはいかない。

火元の場所からいって、それは水浜と全く無縁というわけにはいかなかったのだ。――在庫課長一人がクビになってすむことではあるまい。もっと上の役職の一人や二人は、引責辞任ということになるかもしれない。

といって、下の方が無事ですむという保証はどこにもないのだ。いずれ、処分は警察の現場検証の結果を待って、ということになるだろうが……。

今、クビになったらどうしよう?――重役とか、部長クラスなら、却《かえ》って他の会社とのつながりもあって、そう困りはしないのである。

自分のような、やっと課長になったばかりの四十歳、なんて手合《てあい》が、どうにも行き場もなく、困ってしまうのだ。――もちろん、めぐみや則子に、そんなことを言って心配させてもしようがない。

ともかく、今は、ゆっくり休んで眠るのだ。明日は朝早く出て、店内の整理をしなくてはならない……。

風呂を出て、水浜はやっと少し生き返ったような気分になっていた。先のことを心配していても、しようがない。

パジャマ姿になって、お腹も空《す》いて来た。――食べて寝るか。

「あなた、電話」

と、めぐみが顔を出す。

「電話？」

「ええ、田ノ倉さんって方」

「部長だ！」

水浜は、あわてて電話に出た。

「水浜君か。いや今日はご苦労さん」

田ノ倉も、かなりくたびれた声をしている。

「は、どうも」

「明日も、私は八時には出勤する。ところで、君、こんな時にすまないんだが……」

「あの――何でしょうか」

水浜は緊張した。――やっぱり、「今回の件で、君、責任をとって辞めてくれんかね」ということなのだろうか？

「いや、今日話した、娘のところの、学校の件だ」

「ああ。——そうでした。うっかりしていまして」

「それどころじゃないんだが、本当はな。しかし……」

と、田ノ倉はため息をついて、「学校の方では明日当然待っているわけだし、娘も当てにしている。君、すまんが、明日十時に先方へ出向いてくれんか」

「はあ。それは構いませんが……」

「こっちは私がやる。任せてくれ」

「かしこまりました。ですが——朝一旦《いったん》、出社してから——」

「それでは大変だ。九時半にT駅の改札口、ということになっている。いいかね」

「ちょっとお待ちを。メモします」

水浜は必要な件をメモし、「——部長の代理として伺いました、と申し上げればよろしいんですね」

「そうだ。向うも納得してくれるさ。今日の火事を知ってるだろうからな」

「挨拶がすみましたら？」

「君、すまんが車で娘の家まで送ってくれ。行く時は、時間に遅れるとまずいから、電車の方がいい」

「そうですね」

「ハイヤーを使っていい。校門前に待たせておくようにして」

「かしこまりました」

「娘は、何しろ世間知らずだ。帰りは一応送ってやってくれ。頼むよ」

「はあ、よく分りました。では、その後、できるだけ早く出勤しますから」

「うん。くたびれたら、無理しなくてもいいよ。電話を入れてくれ」

「はい」

——電話のやりとりを、めぐみが不思議そうな顔で聞いていたが、

「やれやれ。明日はゆっくり寝てられる」

と、食卓について、水浜が言うと、

「一体何のお話？」

と、訊《き》いた。

水浜の説明に、めぐみは目を丸くして、

「大変なのね！　そんなことまでするの？」

「ま、部長も孫にゃ弱い、ってことさ」

水浜は、食べ始めた。そして、めぐみが呆《あき》れるくらいの勢いで、食べてしまったのである……。

「――お疲れさま」

と、吉沢香苗が言った。「すみませんね、お忙しいのに」

「いや、とんでもない」

水浜は、少々気が咎《とが》めていた。

といって――吉沢香苗が、「ぜひ」と言うのを、断るわけにはいかない。

学校への挨拶は二十分ほどで終った。香苗に手を引かれた公平も、ブレザーにネクタイ、半ズボン、という可愛い紳士のスタイルで、先方の先生の問いにも、はきはきと答えていた。

水浜は、初めの挨拶以外は、ほとんど口をきくこともなかった。吉沢香苗も、頼りないお嬢さんというイメージとは違って、人当りも柔らかく、好印象を与えていたようだ。

無事に終って、帰りはハイヤー。

途中、公平が、

「お腹空いた」

と言い出し、確かにお昼時でもあったので、香苗が手近なホテルへ寄って、食事して行こう、と言い出した。

かくて――水浜は、庭園を見下ろす静かなレストランで、ランチ（といっても、デパートの社員食堂とは大分違う）を食べることになったのである。

きっと今ごろデパートでは、大変だろう。一日でも早く再開しなくては、日に日に損害は大きくなって来る。

水びたしの床や階段を掃除して、明日からでも開けたい、というのが上層部の意向なのである。そんな時、一人、こんな所で食事しているというのは……。

「――何か、心配ごと？」

と、香苗がムニエルを食べながら訊いた。

「あ、いえ、別に」

水浜はあわてて肉にナイフを入れた。――公平も一人前にステーキなど食べている。

「心配も当然でしょうね。ごめんなさい」

と、香苗が言った。「いつも主人や父に言われるの。『お前は勤めてる人間の気持が分ってない』って」

「いや、それは仕方ありませんよ」

と、水浜は言った。

「でも、父には言っておきますから、心配しないで」

「はあ……」

「あなたが責任をとらされるようなことにはしません」

「ああ、いや……。私が気にしているのは、今日も同僚たちが、せっせと掃除や片付けで働いてるだろう、ということなんです。こんなランチをごちそうになって、ありがたいような、申し訳ないような、で……」

と、水浜はちょっと笑った。

香苗は、何か不思議な目で、水浜を見つめていた。水浜が戸惑うほど、長く。

そして、ふっと我に返ったように、食事を続けながら、

「あなたって、真面目な人なのね」

と、言った。

デザート、コーヒーと来る間に、お腹が一杯になって、公平は眠くなってしまったようだ。

「——あらあら」

と、香苗は、椅子《いす》に座ったままウトウトしている公平を見て笑った。「ゆうべ、結構緊張したのか、遅くまで起きていたのよ」

「車まで、抱いて行きましょう」

「お願いできる？——ちょっと待って」

香苗は、席を立って行って、じきに戻って来たが、その時には公平は完全に眠り込んでいた。

「じゃ、行きましょう」

水浜は、公平をよいしょ、と抱っこして、香苗の後について行った。眠っている子供というのは、重たいものなのだ。五歳の男の子ともなると、水浜でもしばらく抱いていたら、腕がしびれて来るだろう。

「——出口はあっちですよ」

と、水浜は、別の方向へ歩いて行く香苗に声をかけた。

「いいの、こっちへ来て」

香苗はエレベーターの方へと歩いて行った……。


「――二、三時間は起きないわ」

香苗は、ベッドルームのドアを閉めた。

水浜は、ホテルのスイートルームの中を、珍しげに見回していたが、

「どうも。――ごちそうになって。私はここから地下鉄で」

「座って」

「え？」

「ソファに。――食事の後は少し休まなきゃ」

「はあ……」

何となく、水浜は落ちつかなかった。

「暑苦しいわね、こんなスーツ」

と、香苗は上衣を脱いだ。

水浜はドキッとした。いや——もちろん、ただ暑いから脱いだだけだ。そう。何も特別な意味なんかないのだ……。

「あなたって、きっと出世しないわ」

と、香苗は言った。

「それはまあ……。能力相当ですよ」

「いいえ、違うの」

と、首を振って、「あなたのような人は、出世しないわよ。うちの主人みたいな人間でなきゃ。仕事には友だちなんかいらない、って人間でなきゃね」

「はあ……」

「父は分ってないの。私のわがままで、夫を単身赴任させたと思ってる。でも、そうじゃないのよ。その前から、事実上別居していたの」

「そうですか」

何と言えばいいのやら。——水浜は早く出て行きたかった。

「冷たい人で……。世間的にはエリートで、ハンサムで、文句つけるところなんかないような人だった。でも、私のことはただのお人形としか見てないのよ。『可愛い妻』の役を演じてればいい、ってね。——そして、結婚してから三年たって、偶然分ったの。主人が昔からの女を、ずっと愛人にしてるってことが」

「奥さん。——お嬢さん。私はもう行きませんと」

と、腰を浮かして、「失礼します」

ドアの方へ急いで歩いて行くと、

「水浜さん！」

と、すがりつくような声が飛んで来て、足を止めさせた。「帰らないで。ここにいて。——お願いよ」

振り向くな！　そのまま、ドアを開けて出て行け！

水浜は、シュッとファスナーの下りる音を聞いた。スカートが床に落ちるかすかな音も。

「水浜さん」

香苗の声はかすれていた。「こっちを向いて」

水浜は、ゆっくりと振り向いた。

——この日、水浜はついに出社しなかった……。

4

「いや、昨日はありがとう」

と、田ノ倉が頭を下げた。「娘から、とてもお世話になったので、くれぐれもよろしく、とのことだった。悪かったね、本当に」

「はあ……。いえ、とんでもない」

水浜は、汗を拭《ふ》きながら、言った。

デパートは今朝から開店にこぎつけた。

水浜も、今朝は七時ごろ出て来て、店内を片付けるのに必死で働いたのだ。

「店の方はどうかね」

「何とか、落ちついて来ました。いつもの倍以上のお客様で、てんてこまいでしたが」

「全く、人間ってのは分らんな」

と、田ノ倉は笑って言った。「ちょっと付き合ってくれるか。昼飯、まだだろう?」

そうだった。午後の二時半なのに、食べるのも忘れていた。

しかし、昨日は娘、今日は父親に昼食をおごられるってのも妙な気分だ。しかも……。

「何か用があるのか?」

「いえ。お供します」

と、水浜は急いで言った。

――だが、水浜は、吉沢香苗の時とは違った意味で、戸惑ってしまった。

田ノ倉は、Nデパートから少し離れたビルの地下にあるレストランに、水浜を連れて行ったのだ。しかも個室を予約していたらしい。

これはどういうことなのだろう?

もしかすると、昨日のことを知っていて、クビだ、とでも宣告するのかしら、などと心配もしてみた。だが、あれは完全に、香苗の方が誘惑して来たのだ。

もちろん、それに乗ってしまったのはいけなかったが……。

「――水浜君」

料理が出て、二人きりになると、田ノ倉は切り出した。「君に頼みがある」

「はあ……。何でしょうか」

「火事のことだ。実は——あまり火の気のない所から出火したということで、放火の疑いもあるらしい」

「放火ですか」

水浜は、息をのんだ。

「いや、警察の方でも、不注意によるものか放火か、決めかねている、というのが実情らしい」

「なるほど」

「そこで、だ」

田ノ倉は、少し声を低くして、「あの火事は放火によるものだった、ということにしたいのだ」

水浜は面食らった。田ノ倉は続けて、

「聞いてくれ。Nデパートとしては、あれが過失によるものだということになると、大いにイメージダウンになる。万一、タバコの火の不始末なんてことになれば、マスコミに叩《たた》かれるのは必定だ」

「分ります」

「しかし、あれが放火となれば、Nデパートも、被害者になる。分るかね？」

「ええ」

「その場合、同情はされても、非難されることはないだろう。Nデパートも、傷つかずにすむ」

水浜は肯いた。――正しいことかどうかは別として、田ノ倉の気持はよく分った。

「もちろん、負傷したお客への補償は充分にする。火事のせいというより、誘導や案内のまずさで、けが人をふやしたというところもあるからな」

「分りますが……。放火ということにする、といっても、どうやります？」

「君に頼みたい」

「は？」

水浜は青くなった。「いや――でも、放火は重罪です！　いくら自首しても、刑務所で十年は――」

「おいおい」

と、田ノ倉は苦笑して、「いくら何でも、君に刑務所へ入ってくれ、とまで頼みやせんよ」

「そ、そうですか」

水浜はホッと息をついた。

「どういう手がいいか……。匿名の手紙ってのはどうかね」

「手紙……。つまり、〈あの火事は俺が火をつけてやったんだ〉とか？」

「そうそう。そういう手紙に、何かもっともらしい名前をつけて、警察へ出す。警察も、その方向で考えるようになるだろう」

「しかし――うまく行くでしょうか」

「やってみてほしいんだ。私もずいぶん迷った。しかし、私はこの年齢で、手先も不器用だし、目も悪い。この話は、絶対に信用できる人間にしか打ちあけられない。そうだろう？」

水浜は黙って肯いた。

「考えた挙句、君しかいない、と決心したんだ。――水浜君、この通りだ。恩に着るよ」

田ノ倉が、テーブルに頭がつくほど、深々と頭を下げる。

とても、断るわけにはいかなかった。——水浜も決して器用な方じゃないが、それでも、何とかする他はない。

「やってみましょう」

と、水浜は言った。

「そうか！　ありがとう」

田ノ倉は頰《ほお》を染めて、「この恩は忘れんよ。君のことは、決して悪いようにゃせん」

「はあ」

水浜は、少しためらってから、「あの、いただいてもよろしいですか？」

と、訊いた。

二人とも料理に手をつけていなかったのである。

「——お父さん、何してんの？」

と、則子が居間を覗《のぞ》くと、水浜があわててテーブルの上に新聞紙を一杯に広げた。

「則子。まだ起きてたのか」

「うん……。明日、小テスト」

「そうか。しかし、早く寝た方がいいぞ」

と、水浜は言った。

「うん。今、寝るとこ」

パジャマ姿の則子は、居間へ入って来て、「なあに？　新聞の切り抜き？」

と、テーブルの周囲に散らばった新聞紙に目をやって、訊いた。

「ああ、その……火事のニュースをな、どの程度、新聞がとり上げているか、調べてるんだ」

「そう。大変だね。そんなことまでやるの」

「まあな」

「手伝おうか？」

「いや、もうすぐ終る。大丈夫だよ」

「そう。——じゃ、おやすみ」

「おやすみ……」

則子は欠伸《あくび》しながら居間を出て行った。

——水浜は、体中で息をついた。

やれやれ……。こんなに手間がかかるとは思わなかったよ。

水浜は、新聞のインクで真っ黒になってしまった手を、恨めしげに見下ろした。

充分に用心はしている。便せんと封筒は、別々の文具店で、一番ありふれているのを買って来た。

そして、新聞も、夕刊とスポーツ紙、それに経済新聞を、別の売店で買った。

文面が難しかった。あまり簡単でも信じてもらえないだろうし、長すぎると、手がかりを与えることになるかもしれない。

水浜だって、やってもいない放火で捕まるのはいやだった。

散々頭をひねって、やっと出来上った。

次はその文面に必要な文字を、新聞から捜すことだ。本文は小さすぎるので、見出しで捜したが、それがなかなか揃《そろ》わない。

必死でやっていたのに、夜中の二時になってしまった。

しかし、一応、必要な文字は全部切り抜いた。後は便せんに糊《のり》で貼《は》るだけ……。

「あれ？」

切り抜いて並べといた文字……。則子が入って来て、あわてて大きな新聞を広げて隠した拍子に、飛んでしまった！

おい、どこだ！――水浜は四つん這《ば》いになって、小さな紙片を捜し始めた……。


「――アーア」

と、則子は欠伸をした。

「ゆうべ、遅かったの？」

と、めぐみがお弁当を包みながら、「はい、これ。――パン、食べて行く？」

「いい。コーンフレーク」

「ちゃんと食べるのよ、お昼は」

「うん……」

「二人とも欠伸ばっかりして」

と、めぐみはコーンフレークにミルクを入れる。

「お父さん……。もう行ったの？」

「そうよ。お父さんもずいぶん眠そうだったわ」

「ああ、そうだった。ゆうべ起きてたもの。私が寝る時もまだ何かやってた」

そうだった。——則子も思い出した。

ゆうべ、お父さん、何をやってたんだろう?

火事の記事を切り抜いてる、とか言ってたけど……。あの時下に落ちてたのはスポーツ新聞だった。

「ほら、早く食べて」

と、めぐみがせかす。

「うん」

食べ始めりゃ早い!——アッという間に食べて(というより、流し込んで)、

「行って来ます」

と、玄関へ。「——あ、そうだ!」

「忘れもの?」

「ボールペン。ゆうべ電話のそばに置き忘れたんだ!」

居間へ入って、ボールペンをとろうとして、逆にはね飛ばしてしまった。

「いやだ！　転がってっちゃった！」

「何やってんの」

と、めぐみがため息をついた。

とても他人には見せられない。則子はソファの下へ手を突っ込んで、ボールペンを手探りで捜した。――あった！

「全くもう！　こいつめ」

「早く行かないと遅刻よ」

「うん」

ボールペンと一緒に、小さな紙片をつかんでしまっていた。玄関で、靴をはきながら、捨てちまおうとして――。

「どうしたの、則子？」

「ううん、何でもない」

則子は、玄関を飛び出しながら、「行って来ます」

と、元気のいい声を出した。

――則子は私立の中学校へ通っているので、家からはバス通学。

家を出て、バス停の方へと歩いて行くと、ちょうどバスがやって来るのが見えて、急いで駆け出した。

やれやれ、間に合った！

バスは、この辺りでは割合に空《す》いている。今朝も、空席を見付けて座ることができた。

息を弾ませつつ、膝《ひざ》の上に鞄《かばん》を落ちつかせて――。

則子は手の中に握りしめていた小さな紙片を、そっと開いてみた。――新聞を切り抜いたものだ。

でも、それは記事ではなかった。文章でさえない。たった一つの文字だったのだ。何かの見出しの文字。

則子は、不安になった。なぜ、父はこんな文字を一つだけ、切り抜いたのだろう？

それは〈火〉という文字だったのだ。

――しばらく迷ってから、則子はその紙片を、定期入れの中へ、しまい込んだのだった……。

「課長、お電話ですが」

金井育子が、売場を回って戻って来た水浜に声をかけた。

「ああ、すまん」

と、水浜は足を速めた。「――やっと落ちついたね、どこの売場も」

「目が回りそうでしたね、昨日は。――そこの電話です」

「ありがとう。――お待たせしました。水浜です」

少し間があって、

「私。吉沢香苗よ」

思いもかけない電話だった。

「あ――どうも」

水浜は、どんな口をきいていいものやら、分らなかった。

「おといは、ありがとう」

「いえ、別に……」

「学校へ行ってくれたことを言ってるんじゃないのよ」

と、香苗は言った。「あなたのおかげで、自分が女だってことを思い出したの」

「はあ、それはその……」

「お願い。また会ってちょうだい」

水浜は、言葉が出なくなってしまった。

もう、あんなことは二度とするまい。——そう決心していたのだ。

もし、めぐみに知れたら、どうなるか。水浜は、めぐみに何の不満も持っていない。

もうだめだ。一度だけなら、自分の内で、赦《ゆる》すこともできるが、二度となれば、きっと三度、四度と続いてしまうだろう……。

「明日は金曜日で、母が来てくれるの。私、昼間はずっと出られるわ」

「しかし……」

「あのホテル、予約しておくから、来て。——ね？」

水浜は、こんな電話で、ややこしい話もできず、

「よく分りました。では、また——」

「明日、午後二時に。待ってるわ」

と、香苗は電話を切ってしまった。

二時だって？　冗談じゃない！

仕事を抜け出して、そんなことしてられるか。そうだ、行かなきゃいい。待惚《まちぼう》けをくわせれば、向うも諦めるさ。

水浜は、額の汗を拭《ぬぐ》いつつ、歩いて行った。――金井育子が、けげんな様子で見送っているのにも、全く気付かなかった……。

5

則子は、昼休み、校庭の隅のベンチに腰かけて、一人で考え込んでいた。

明るい、よく晴れた日だったが、則子の顔はいささか沈んでいる。

トン、と肩を叩《たた》かれて、

「――久仁子か」

「お邪魔？」

内山久仁子が後ろから覗き込むようにして、「もっとびっくりしてくれないと、面白くないじゃない」

「ああ、びっくりした」

「もう！」

久仁子は前に回って並んで座った。

「——邪魔よ」

「うん」

「邪魔なの」

「分ってる」

則子は、ちょっと笑った。

「——ね、則子。何があったの？」

「別に」

「友だちでしょ」

久仁子は、口を尖《とが》らした。「信用してないんだ」

則子は、真剣な顔で、

「久仁子。——これ、秘密だよ」

と、言った。

「うん」

「この間の火事のことなの」

「ああ。新聞に出てたじゃない。土曜の夕刊だっけ？　放火したって、手紙が来たんだって？」

「そうらしい」

「お母さんと話してたの。確かに、ひどいけどさ、Nデパートにしてみればホッとしてるかもね、って」

「うん……」

「で、あの火事がどうかしたの？」

則子は、久仁子の方は見ずに、空を少しまぶしげに見上げて、

「あの手紙、うちのお父さんなのよ、出したの」

と、言った。

久仁子は、ちょっとポカンとしてから、

「——嘘《うそ》」

と、笑った。「まさか」

「見たの。お父さんが、新聞切り抜いてるとこ」

則子の話に、久仁子の顔から、笑みが消えた。

「じゃ、本当に？」

「うん。――まだ、その〈火〉っていう字、持ってるよ」

久仁子は、大きく息をついて、

「どうして？」

「知らないわよ！　だから心配なの」

則子はパッと立ち上った。「本当に――お父さんがやったんだったら……」

「まさか！」

「だって、何もしてないのに、どうしてあんなもの出す？　まともじゃないわ」

「うん……」

「そうでしょ。あの手紙が本当でも、嘘でも、お父さん、ま、、まともでないってことよ」

久仁子は、しばらく黙っていたが、

「――きっと、何かわけがあるのよ」

と、低い声で言った。「きっとそうよ。則子のお父さん、そんな人じゃない」

則子は、黙っていた。久仁子も立ち上り、則子の腕をつかんだ。

「則子！　お父さんを信じなさいよ。あなたのお父さんじゃないの。私だって、ずいぶん前から知ってる。あんなにいい人なのよ。そんなことするわけない！　絶対にない！」

則子は胸をつかれる思いだった。――久仁子の目から涙が溢れて落ちた。

久仁子……。

久仁子が、こんなに信じてるのに、本当の娘の私が、父のことを疑っている。

則子は恥ずかしかった。

「うん、信じるよ、久仁子。私も信じる。――泣かないで」

「泣いてなんかいない」

と、久仁子は手の甲で急いで拭《ぬぐ》うと、「塩水がこぼれただけ」

則子は笑った。久仁子も一緒に笑い出し、二人はおでことおでこをくっつけ合って、笑っていたのだった……。

買物から帰って来た水浜めぐみは、家の玄関の所に、誰か女性が立っているのに気付いて、

「あの……」

と、声をかけた。

その女性がハッと振り向く。

「何かご用？」

と、少し用心して言うと、

「いえ……。失礼しました」

その女性が、顔を伏せて行きかける。

「待って」

と、めぐみが呼んだ。「Nデパートの方でしょ？」

その女性が振り向く。

「やっぱり、そうだわ」

と、めぐみは肯いて、「忘年会の写真で、お顔を見てますもの。確か……金井さ

ん、とおっしゃるんじゃ？」

その女性は、ふっと肩を落として、

「そうです」

と、言った。「すみません、こんなことで……」

「いえ、いつも主人があなたのことを話してますもの。——今日は定休日ね。主人は出勤してます。火事の保険のことで何かあるとか」

「存じてます」

「お上りになって。——どうぞ」

金井育子は、ためらっていたが、めぐみに押し切られるように、家へ上った。

「——どうぞ」

めぐみはお茶を出して、「大変でしたねえ、あの火事は。でも、放火だったとか……」

「警察じゃ、半信半疑みたいです」

と、金井育子は言った。

「どういうことですの？」

「ああいう手紙をよく送りつける人っているらしいんです。自分がやってもいないことを、やった、と言って」

「じゃ、いたずらに？　信じられませんね、そんな人がいるなんて」

と、めぐみは首を振った。「それで……何のご用で、ここへ？」

金井育子は、しばらく目を伏せたまま、黙っていた。

その沈黙の、思い詰めたような空気。――それはめぐみに、「ある想像」を抱《いだ》かせるに充分だった。

「もしかして……主人とあなた……」

「いいえ」

金井育子は、激しく否定した。「違います！　そんな――そんなことじゃないんです……」

しかし、少なくとも、金井育子の気持だけは間違いのないものだった。

「主人が何かあなたに失礼を――」

「そんなことではないんです」

と、くり返して、「私、お知らせしたかったんです。――ご主人の秘密を」

「主人の秘密？」

「私のやきもちかもしれません。でも、これは本当のことです」

「何の話ですか」

めぐみも、少し青ざめていた。

「今日、ご主人は出勤していません」

「何ですって？」

「ある女性と……ホテルで会っているはずです」

めぐみは、しばし息も止ってしまったかのようだった。

「それは……。主人の相手は、誰ですか」

めぐみの問いに、育子は答えなかった。

「ご主人にうかがって下さい。私、やきもちで言いつけたと思われたくありません」

「でも――」

「来るべきじゃなかったんです、私……。すみません」

声が震えた。「ご主人を許してあげて下さい。――とてもいい方です。相手の女が悪いんですわ」

金井育子は、それだけ言って立ち上ると、

「お邪魔しました」

素早く一礼して、出て行った。

玄関まで送ることもしないで、めぐみはソファに座っていた。

今の話は……本当だろうか？

直感的に、めぐみはすでに信じていた。あの金井育子の話が正しい、と。


「ね、ちょっと」

校門を出たところで、則子と久仁子は、誰かに呼び止められた。

男が二人。——別に柄は悪くないが、何となく避けたくなるような感じだった。

「何ですか？」

と、則子が少し強い口調で言う。

「どっちかな、水浜則子君は」

名前を呼ばれて、びっくりした。

「――私です」

「そうか。そっちの子は友だち？」

「ええ」

「僕らはね――」

と、一人が警察手帳を覗かせた。

刑事！――何ごとだろう？

「ちょっと話を聞かせてもらえるかな」

「どういう話ですか？」

刑事に促されて、二人は歩き出した。

「――実はね」

と、刑事の一人、年長の方の男が言った。「今、Nデパートの火事のことを調べているんだ。知ってるね？」

「あの時、いました」

と、則子は言った。

「Nデパートに？」

「父を訪ねて行ったんです」

「ほう」

刑事は、興味を持った様子で、「火事が起こった時は？」

「一階にいました」

「お父さんは一緒だった？」

「いいえ。その前に会ってました」

「そうか。──君、一人で？」

「この子と二人です」

と、則子はちらっと久仁子を見る。

「ふむ」

刑事は少し考えて、「一つ、正直に答えてくれないか。あくまで参考に訊くだけだから」

「何をですか」

「君のお父さんだが、会社のことで何かグチをこぼしたり、怒っていたりしたことはなかった？」

則子は、ゾッとした。

この訊き方！　刑事は疑っている。父が火をつけたんじゃないか、と。

「どうだね？」

「――勤め先の文句言わない人っていいます？」

と、久仁子が言った。

「なるほど、理屈だ」

と、刑事は笑い出した。

則子は少しホッとして、言った。

「父は一年くらい前までチェーンのスーパーをずっとグルグル回っていたんです。やっとデパート本店に行って、凄《すご》く喜んでいます」

「なるほど。すると、別に恨んだり、怒ったりってことはないのか」

「刑事さん。それ、どういう意味なんですか？」

「いや、参考にだよ」

と、刑事は言った。「お父さんとお母さん、うまく行ってる？」

則子はムッとした。

「夫婦のことまで、私、知りません」

「そうだね。まだ中学生だ。——いや、ありがとう」

二人の刑事が足早に行ってしまうと、則子と久仁子は、顔を見合わせた。

「則子……」

「お父さんのこと、疑ってる」

「どうする？」

則子は、手にした鞄《かばん》を、ギュッと握りしめて、

「戦ってやる」

と、言った。「もし放火なら、犯人を見付けりゃいいんだわ」

そして、久仁子が、則子の腕にそっと手をかけて、

「私も手伝う」

と、目を輝かせて言ったのだった……。

6

金井育子が、めぐみに言った通り、水浜浩一はホテルの一室に、吉沢香苗と二人で入っていた。

しかし、その二人がどうなったのか、という点では、必ずしも金井育子の想像が当っていたわけではない。

水浜は、ソファに座っていた。目はじっと正面の壁の一点を見据えている。

決心をして来たはずなのに、いざとなると迷いが出て来る。――水浜は、妻のめぐみ、そして娘の則子の顔を思い出していた。

そうだ。もうやめなくては。こんなことをくり返していてはいけない……。

水浜が、吉沢香苗とホテルへ入ったのは、これが三回目である。二度目の時も拒むつもりで行ったのだが、結局、香苗の誘惑に抗し切れなかった。

しかし、今日は――今日こそは。

実際、水浜は、めぐみに何か気付かれているのではないかと、気が気ではなかったのである。則子だって中学三年生。最も、そういうことに敏感な年ごろだ。

もし、則子が父親の浮気を知ったら、深く傷つくだろうし、決して許しはしないだろう。早く、一日も早く、こんなことはやめなくては……。

そう自分に言い聞かせる必要があったということは、取りも直さず、水浜が自分の意志の固さに自信を持てずにいるせいなのだ。

確かに、二十九歳という年齢にしても若々しい香苗の肢体は、水浜をのめり込ませるに充分の魅力を持っていた。

夫が渡米して三年、それ以前から夫との仲が冷え切っていたという香苗は、まるで若い恋人同士のように、情熱をぶつけて来た。それは、水浜にとっても新鮮な体験だったのである。

水浜は激しく頭を振った。

吉沢香苗の魅力を否定しようとしても、むだなことだ。むしろ、妻と娘のことを思って、自分の内の欲望を退《しりぞ》けることだ……。

今、香苗はバスルームに入って、シャワーを浴びていた。もうすぐ、あのしなやかな体にバスタオルを巻きつけただけの格好で、現われるだろう。

水浜は、深々とため息をついた。両手で顔を覆った。

そして、パッと立ち上ると、大きなベッドの傍《そば》にある電話へと、ほとんど走るような足取りで近付いた。

自宅の番号を、無意識の内に押している。——呼び出し音が鳴って、向うが出るまで、しばらくかかった。出かけているのか、と諦《あきら》めかけた時、

「もしもし」

「——俺だ」

と、水浜は言った。

そう言ってから、何を話せばいいのか、迷った。水浜は、ただめぐみの声を聞きたかっただけなのである。

「どうしたの?」

と、めぐみが言った。

「いや……。割と早く仕事が終りそうなんだ。もうすぐこっちを出られると思う」

「そう」

めぐみの声は、どことなく無関心に聞こえた。

「どうかしたのか?」

「別に」

と、めぐみは言った。

そして、続けて、

「今、どこにいるの？」

と、訊いたのである。

水浜はハッとした。めぐみの問いは、問いではなかった。めぐみは知っている。

そう直感した。

「――オフィスだよ、もちろん」

と、水浜は言った。「もうすぐ帰る」

「分ったわ」

と、めぐみは言った。

「もうじき帰るからな」

「ええ」

「――じゃ」

水浜は、鉛をのみ込んだように、胸が詰って、苦しかった。電話を切る。――めぐみは、知っているのだ。

バスルームから聞こえていたシャワーの音が、いつしか止っている。水浜は、今にも開こうとするバスルームのドアを、じっと見つめていたが……。

「——さっぱりしたわ」

ドアが開いて、吉沢香苗が出て来る。「あなたも……」

香苗が戸惑って、言葉を切った。

水浜が、カーペットを敷いた床の上に正座していたからである。

「何してるの？」

と、目を丸くして訊く。

水浜は、前に両手をつき、言った。

「どうか……別れて下さい」

苦しげに、絞り出すような声だった。「これ以上続けるのは、お互い、傷を深くするばかりです。お願いです。もう、これきり会わないと言って下さい」

水浜は頭を深々と下げた。香苗は、そっと椅子に腰をおろすと、

「やめて。——そんなこと、しないで下さいな」

と、穏やかな口調で言った。「水浜さん、悪いのは私よ。あなたがそんな風に手をついて謝ることなんて、ないわ」

「いや」

水浜は首を振った。「こうなった責任は、やはり私の方にあります。拒もうと思えば拒めたのに……。しかし私は……やはり家庭が大切です」

「水浜さん。奥さんが……」

「家内は何も言いません」

と、水浜は言った。「しかし、知っています。家内は、気付いているんです。それでいて、何も言わない。——すみません。家内にこれ以上、悪いことをできないんです」

水浜は、もう一度頭を下げた。

「お願いします。もう、二度と会わない、と言って下さい」

——香苗の顎《あご》が、かすかに震えて、泣き出しそうになるのを、じっとこらえているように見えた。

「水浜さん」

少し、かすれた声で、「もう、立って下さいな。私、もうあなたにお会いしません」

水浜は、ゆっくりと顔を上げた。

「本当ですか」

「約束します。——二度と、あなたを誘ったりしませんわ」

水浜は立ち上ると、

「ありがとう」

と、もう一度頭《こうべ》を垂れた。

「早く——お帰りになって」

香苗は目を伏せた。「私の見ていない間に、帰って下さい」

水浜は、何か言いたかったが、言うべき言葉を見付けることができなかった。

——何も言わなくていいのだ。ただ、黙って出て行けばいい……。

「失礼します」

水浜は、大股に歩いて行ってドアを開け、部屋を出た。

そして自分の影にでも追われているかのように、廊下を駆け出していたのだった
……。

何かあったんだ。

則子がいくら子供でも、その夜の父と母の様子が、普通でないことは、すぐに分った。

夕食の間、父はほとんど口をきかない。母も、専《もっぱ》ら則子の方へ話しかけるばかりで、父の方には目を向けていなかった。

則子は、わざと話を父の方へと向けてやるのだが、そうすると母は、

「ドレッシングを出さなきゃね」

とか、必ず用事にかこつけて席を立ってしまう。

則子は、重苦しい気持だった。——則子の両親は、めったに喧嘩《けんか》というものをしない。

ごくたまに言い合い程度のことはしても、怒鳴ったり手を上げたり、ということにならないのは、どっちも穏やかな性格だからだろう。

いずれにしても、父と母がこんな風に冷たく無視し合っているところを、則子は初めて見た。その沈黙は、ゾッとするほど冷ややかだった……。

則子は、その日の帰りに刑事からあれこれ訊かれたことと、この両親の異常な様

子を、結びつけて考えずにはいられなかった。

そう。——お母さんも疑ってるんだ！　お父さんが火をつけたんじゃないか、と。もしかすると、あの刑事が家にもやって来たのかもしれない。そして母にしつこく、あれこれ訊いていったのかも……。

則子も、久仁子に言われたせいでもないが、父が実際に火をつけたりしたわけではないと考えていた。——もし本当にやったのなら、わざわざあんな手紙を出すだろうか？

それに、あの手紙を作るのに、家の居間で切り抜きをするというのも妙だ。犯人なら、家族にだって、見られないように用心するだろう。

——則子は、父が放火犯じゃない、と確信していた。

すると、可能性は二つある。父以外の誰かが放火したか、でなければ、何か他の原因で火が出たか、である。

則子には、知るすべがない。悔しいが、自分はただの中学三年生にすぎないのだから……。

電話が鳴って、則子は素早く両親を見たが、どっちも電話の鳴るのが聞こえない、という様子。則子が駆けつけなくてはならなかったが、久仁子からだったので、ちょうど良かったのである。

「――やあ。――うん。ちょっとね……」

「何かあったの？」

と、久仁子は心配そうだ。

「まあ――色々」

両親の耳に入るかもしれないので、曖昧《あいまい》にぼかしておくことにした。

「ねえ、私さ、明日家の法事で学校休むの」

「そう。分ったわ。先生に言っとく」

「そうじゃなくて。ね、則子、一日休んでみない？」

「休むって？」

「仮病使って。早く言えば、さぼるの」

「何ですって？」

則子は面食らってしまった。久仁子がそんなことを言い出すとは、正に太陽が東から昇るようなもんだ。――あ、いや、それは当り前か。

「私、どうせ明日は留守番って言ってあるの。だから、一日ヒマだし」

「それで、どこへ行こうって言うの？」

「もちろん、則子のお父さんのデパート」

「え？」

「今日、言ったばかりじゃない。放火した犯人を見付けてやろうね、って」

「言ったけど……」

「あのね、この間、火事の前に会った女の人、いたでしょ。確か金井さんっていった」

「ああ……。名前まで憶えてないけど」

「私、人の名前だけはよく憶えてるの」

と、久仁子が得意げに言う。「ね、あの人、凄くいい人だったじゃない。きっと力になってくれると思う」

則子は、すっかり久仁子に圧倒されてしまっていた。いつもの、何でも迷っていてはっきりしない久仁子とは別人のようだ。

「――分った」

でも、嬉しかったのだ。久仁子が、そこまで父のことを心配してくれているのが。

「じゃ、どうしようか」

「お父さんには、もちろん内緒よ。金井さんって人に電話して、どこかで会ってもらうようにして……。ね、そうと決ったらどこで待ち合わせる?」

「うん。この前と同じロータリーにするか」

「そうね。あそこなら私でも分るし。東口だったよね」

「違う!　西口よ」

「そうだっけ?──改札口出て……左へ行くんでしょ?」

「右」

「嘘。──右だっけ?」

「それじゃ、改札口ってことにしよう。それが一番確か」

「分った」

と、久仁子はホッとした様子で、「改札口って一つだっけ」

「前の方!　何回も行ってるでしょうが」

則子は、久仁子が、いつもながらの方向音痴に戻ってくれて、却ってホッとしていたのだった……。

7

「まさか！」

と、金井育子は思わず大きな声を出して、それからあわてて、「ごめんなさい」

と、コップの水をガブガブ飲んでしまった。

しかし、びっくりするのも当然だったろう。

「──すみません、突然、変なこと言って」

と、則子は言った。「でも、もちろん、父が火をつけたんじゃないと思います。

そう信じてるんです」

「ええ、もちろんよ。そんなこと、ありえないわ」

「良かった！」

則子は、久仁子と顔を見合わせて微笑《ほほえ》んだ。

「──心配だったんです。金井さんに信じてもらえなかったら、どうしようって」

デパートの近くにあるパーラー。

則子が電話をかけて、金井育子に来てもらったのだ。――あまり混んでいない時間だったので、話をするのが楽だった。

「あなたたち……本当に、課長さんのことが好きなのね」

金井育子は、胸が熱くなっていた。「すてきだわ。――力になるわ、私も」

育子は、今日休むつもりだった。

昨日の定休日に、水浜の家まで行ってしまったばかりか、水浜の妻にあんなことまで言ってしまった。――その時はそれなりに、よかれと思っていたのだが、今考えると、やはり吉沢香苗への嫉妬《しっと》があったように思えて、辛《つら》かった。

昨日、水浜が帰宅してから何があったか、と考えると、今日出勤して来るのが怖かったのである。

しかし、休むのは卑怯《ひきょう》だと思った。自分のしたことの結果とは、正面切って向き合わなくてはならない。

今朝、水浜の様子は、やはりおかしかった。元気もないし、あまり口もきかない。

――育子は、水浜と顔を合わせるのが、苦痛だった。

水浜の態度から見て、妻のめぐみが育子のことを話していないのは確かだ。しかし、育子が夫婦の間に楔《くさび》を打ち込んだのは事実なのである。

——則子が電話をかけて来たのには戸惑ったのだが、その話を聞いて、育子は出勤して来て良かった、と思った。

「どうなんでしょう」

と、則子が身を乗り出すようにして、「火事の原因とか、はっきりしてないんでしょうか」

「そのようね」

と、育子は肯いた。「田ノ倉部長が、何度か消防署や警察の人と会ってるみたいだけど……。でも、あまり火の気のないところに火が出たってことは事実なの」

「じゃ、やっぱり放火……」

「そうとも断定できないみたい。何しろ、誰も見てたわけじゃないんだから」

「だけど——」

と、久仁子が言った。「もし、放火じゃなかったとして、どうして則子のお父さんがあんな手紙を出すの？」

「分るような気がするわ」と、育子が言った。「放火ってことになれば、うちのデパートの責任は軽くなるわけですもの。もちろん、けがしたお客さんへの補償はあるとしても、社会的なイメージが傷つくことは避けられるでしょ」

「あ、そうか」

則子は久仁子と顔を見合わせた。「考えてもみなかった！」

「でも、それで則子のお父さんがあの手紙出した説明がつくじゃない。良かったね」

育子も、今、思い付きで言っただけなのだが、おそらくその考えは当っているだろう、と思った。

ただ、気になるのは——水浜がそんなことをするタイプには思えない、ということだ。

水浜はいかにも実直で、不器用な人間である。そういう小細工を、たとえ勤め先のためでも、やるとは思えなかった。

では、どういうことになるのだろう？

「——出火した所って、元の通りになってるんですか？」

と、久仁子が訊いた。

「現場検証は一応終ったんだけど、まだ仕切りをして、そのままになってるわ」

と、育子は言った。「案内してあげましょうか」

「ぜひ！」

と、久仁子が熱心に肯く。

則子の方が、少々面食らった様子で、久仁子を見ていた。


「へえ……。凄いんだ」

と、久仁子は珍しそうに、積み上げられた段ボールの山を眺めて言った。

「ここは焼けてないのよ」

と、育子は笑って言った。「ただの在庫よ。——何しろ、デパートって、少しでも売場面積を広げたいから、こういう場所は凄く狭いの」

確かに、華やかな売場も、一歩裏へ回ると、通る隙間《すきま》もないくらいの段ボールの山。則子も、珍しげにキョロキョロしている。

「——現場は四階。階段で上っても大丈夫よね？　若いんだもの」

「もちろんです」

と、久仁子はいやに張り切っている。

あまりきれいにしてあるとは言いかねる階段を上って行くと、そこもまた段ボールの壁ができている。

「——すみません」

と、久仁子が、ちょっと恥ずかしそうに、「お手洗、ありますか？」

「ええ。そこのドアから出ると、右手の方」

と、育子は指さした。

「はい、すぐ追いつきます」

「上の階で待ってるわ」

育子と則子は、先に階段を上って行った。

久仁子は、そのドアを開けて、細い通路を歩いて行った……。

——則子と金井育子は、三階で足を止め、下と変らぬ段ボールの山を見ていた。

「デパートってとこも、凄いでしょ、裏では」

と、育子は言った。「どんな仕事でも、そう。表向きの顔が派手なら派手なほど、その裏は、汚れたものが積み重なってるのよ」

「分ります」

と、則子が肯く。

「そうね、あなたももう小さい子供じゃないんだし」

育子は、ちょっと目を伏せて、「——お父さんのこと、疑うなんて、警察も困ったもんね」

「ええ。もっと本気で捜せばいいのに、放火犯のこと。——もちろん、もし放火だったとしたら、ですけど」

「でも……」

育子は、ふと眉《まゆ》を寄せて、「どうして、あなたのお父さんを疑い出したのかしら？　何か言ってた？」

「いいえ」

「刑事さんが来た、ってこと、お父さんにも話さなかったのね」

「私は言わないけど、知ってるみたい」

「ゆうべ、お父さんとお母さん、ほとんど口をきかなかったんです。ただ喧嘩してる、って様子じゃありませんでした。きっと――あの刑事さんが、うちにも来たんです」

「どうして分るの？」

育子は、ふと則子から目をそらして、

「そうかもしれないわね……」

と、呟《つぶや》くように言った。

「父が捕まったりすること、ないですよね」

則子の顔は、不安で、少し怯《おび》えているように見える。どんなにしっかりした子だといっても、中学生なのだ。

「きっと大丈夫よ。――その手紙の件では、叱《しか》られることになるかもしれないけど、本当にやった、って証拠なんか、出て来るわけないんだもの」

「そうですね……」

則子は、自分を励ますように、微笑んでみせた。「――久仁子、遅いな」

階段の下の方を覗いていると、コトコトと足音がして、久仁子が上って来た。

「――ごめん」

久仁子は、少し青白い顔をしていた。

「どうしたの？　気分でも悪い？」

と、則子が訊くと、

「何でもないの。大丈夫」

と、久仁子はちょっときつい調子で言って首を振った。「さ、この上でしょ」

「じゃ、行きましょうか」

と、育子が先に立って、階段を上り始めた……。

何だか、突然違う世界へ迷い込んだような気分だった。

黒いペンキをぶちまけたように、汚れた壁や天井。――本当は、塗料がはげ落ちて、黒くこげているのだ。

焼けた段ボールの残骸《ざんがい》が、いくつも転がっている。

「――凄い」

と、則子は、思わず立ちすくんだ。

もちろん、何日もたっているのだ。今でもこげくさいとか、そんなことがあるわけはない。でも、そこに立っていると、火の熱ささえも、肌に感じられるような気がした……。

「怖いわね、火って」

と、育子が言った。「家でガスの火をつけるのも、しばらくは怖かったもんよ」

「――どの辺から火が出たんですか」

「その奥辺りからじゃないかって」

と、育子が指さしたのは、確かに火など出そうにない、在庫スペースの隅っこだった。

「何か自然に発火するような物って、なかったんですか」

「私も考えたけど、ないわね」

と、育子は首を振った。「誰がやったかはともかく、失火か放火には違いないわ。タバコの火の不始末ってこともあるかもしれないけど、ここは別に学校じゃないんだし、タバコをこっそり喫《す》う必要のある人なんていないわ。ちゃんと社員の休憩所へ行けば、喫えるんですからね」

その場所は、分厚いテント用の布で、仕切られていた。——則子は、燃えた床を踏みながら、ゆっくりと歩いてみた。

振り向くと、久仁子はぼんやりと突っ立って、動かない。

「久仁子、どうしたの？」

と、則子は声をかけた。

「え？」

久仁子はハッと我に返った様子で、「何か言った？」

「見に行こうって張り切ってたのに、どうしたのよ」

「うん……。ごめん」

何があったのか、久仁子はまだ青白い顔をしている。

「いいけど……。大丈夫？　もう帰ろうか」

と、則子が戻って行くと、

「ううん、何ともない」

久仁子は強く首を振った。「ごめんね。臆病《おくびょう》だから、私……」

そこへ、コツコツと靴音が聞こえて来た。一つ上の階から、誰かが下りて来たのだ。

「――部長」

と、育子が言った。

「何だ、金井君か」

と、田ノ倉は階段を下り切って、足を止めると、「何してるんだね」

と、則子たちを、不思議そうに眺めた。

「あの――」

育子は、少しためらってから、「水浜課長のお嬢さんです」

と、言った。

「ほう、水浜君の？　これはこれは」

と、田ノ倉は笑顔になった。「見学かね」

「すみません。私たちが無理を言って」

と、則子は頭を下げた。

「いや、そんなことはいいんだ。――どうも、あれ以来気になってね」

田ノ倉は、肯いてみせると、「水浜君はどこにいるのかな」

「あの――父には内緒なんです」

と、則子はあわてて言った。

「そうか、分ったよ。まあ、ゆっくりしていきなさい。――金井君」

「はあ」

「よくご案内してあげなさい。将来、うちに働きに来てくれるかもしれんし、そうでなくても、お客になることは間違いない」

「分りました」

と、育子も笑顔になる。

田ノ倉は、仕切りの布の端を手で持ち上げて、出て行った。

「あれが部長さんですか」

と、則子は言った。「――いい人みたいですね」

「そう。上役にしては、ね」

と、育子はいたずらっぽく付け加えた。「さ、どうする?――お父さんには知られたくないんでしょ?」

「そうです。金井さん、父のことで何か……何でもいいんですけど、分ったら、教えてもらえませんか」

「お父さんのこと？」

「心配で……。もし、間違ってでも逮捕されたりしたら、私……」

「そうね。そんなことにはならないと思うけど。――心配しないで」

金井育子は、則子の肩に手をかけた。「さ、下へ行きましょうか」

「はい」

則子は、金井育子について、階段を下り始めた。――振り向くと、久仁子が、ついて来ていない。

「久仁子、どうしたの？」

と、呼ぶと、

「今、行くわ」

久仁子は、重い足取りで階段を下りて来る。――何があったんだろう？　則子は気になった。

「止って」

と、金井育子は三階から二階へ下りかけた所で、足を止めた。

「どうしたんですか？」

と、訊いてから、すぐ則子も気付いた。「こげくさい……」

「煙も——。大変だわ」

育子が駆け下りる。則子と久仁子も、急いで続いた。

二階の、あの段ボールが積み上げられた場所へ来た三人は、立ちすくんだ。

今、正に段ボールの一つが炎に包まれ、その火が、周囲の段ボールへ、燃え移りつつあったのだ。

「どうして、こんな——」

則子は、目を疑った。ついさっき、ここを上って来た時には、全くそんな気配はなかったのに！

「消さなきゃ！」

育子が駆け出す。そして二人へ、

「逃げるのよ！」

と、叫んだ。

「でも……」

と、則子は呟いて、久仁子と顔を見合わせる。

「消火器よ！」

と、久仁子が指さした。

「手伝おう！」

則子は、隅に置かれた消火器へと走り出した。「──重い！　久仁子！」

「うん！」

二人して、重い消火器をかかえ上げる。

「どうやったら出るの？」

「その矢印じゃない？　引っ張って！」

と、久仁子が叫ぶ。

「抜けない……。抜けた！」

ピンが抜けて床に飛んだ。

「そのレバーを握って！──火の方へ向けるのよ！」

「押えててよ！」

何しろ中学生二人である。久仁子が重い消火器を必死でかかえ、則子が消火液の出るノズルを、燃え上る段ボールの方へ向けた。

「――出ないよ！」

「ギュッと握って！　則子、力があるんだから」

「握ってるよ！」

いきなり、ノズルの先から、白い液が勢いよく飛び出す。

「火の方へ向けるのよ！」

「やってるよ！」

と、則子が怒鳴り返す。

金井育子が、駆け戻って来た。

「まあ！　危いわよ！　逃げて！　今、ホースかかえて来るわ」

「これで何とか――」

「私に貸して！」

育子は、則子の手からノズルを取ると、火の方へ向けた。しかし、ほんの一分ほどの間に、早くも火は五つ六つの段ボールの表面をなめてのび上って行く。

「何ぐずぐずしてるの！」

と、育子が苛立《いらだ》って怒鳴ったのは、男の社員が三人、太い消防用ホースをかかえて、やって来たからだった。

「危いですよ！」

「水も出てないじゃないの！　それまで、何とかこれで食い止めないと」

白い消火液をかぶった段ボールは、もう火が消えかかっていた。

「こっちへ！」

育子がノズルを手に駆けて行くと、もちろん、本体の方はそれにつれて、則子と久仁子、二人がかりでかかえてついて行く。

育子は、新たに火の燃え移った段ボールにノズルを向けた。

その時、男の社員が手にしたホースから、一気に水がほとばしった。

「アッ！」

と、声を上げたのは、その放水を足下に受けた育子だった。

水の勢いは強烈である。育子はよろけて、段ボールにぶつかった。

「危い！」

と、則子が叫んだ。

段ボールが、育子の上に崩れ落ちて来て、育子は床へ倒れた。

「火が——」

燃える段ボールが、育子の上に落ちた。育子が両手で顔を防ぐ。

「早く！　助けなきゃ！」

則子は、消火器を放り出した。久仁子と二人、夢中で育子の上に落ちた段ボールを押しやる。

「しっかりして！」

と、則子は、育子の腕をつかんだ。

育子が叫び声を上げる。——則子と久仁子は、目を疑った。

ほんの二、三秒のことだったのに。——何てこと！

制服とブラウスが、大きく焼けこげて、育子は、呻《うめ》き声を上げながら、両手で顔を覆っている。顔をやられたのか？

「早く、救急車を！」

と、則子は、ホースをつかむのに必死の男性社員に向って叫んだ。「人を呼んで！」

「手が離せないんだ！」

「火を消さなきゃ——」

則子は、男たちをけっとばしてやりたくなった。

「久仁子、金井さんを支えてあげてて。誰か呼んで来る」

「うん」

則子は、男たちには構わず、売場の方へと必死で駆けて行った……。

8

則子は夜、ベッドの中で父の帰りを待ちながら、あの大きな騒ぎになった火事の日のことを思い出していた。

——ちょうど、あの夜も、こうして父の帰りを待っていたのだ。

左手に巻いた包帯を、かざして見る。

あの時は夢中で気付かなかったのだが、金井育子の上に落ちた段ボールを押しのけた時、やけどしていたのだ。

もちろん、学校をさぼっていたことも、両親に知れてしまった。でも、大して怒られずにすんだ。父は、二度目の火事のことと、金井育子がひどいやけどを負ったことで、それどころじゃなかったし、母も、則子たちが火を消したり、金井育子を助けるのに役立ったことを聞くと、

「よくやったわね」

と、賞《ほ》めてくれた。

でも、二度とこんなことしちゃだめよ、とも言われたけど。

しかし……一体、どうしてあそこで火の手が上ったのだろう？　則子が見ても、火の気のありそうな場所では、全くない。

しかも、この前の火事から、こんなにも間を置かずに。やはり、「放火」なのだろうか……。

玄関のドアが開く音がして、則子はパッと跳び起きた。

「――お父さん」

と、階段を下りて行くと……。「あ……」

父ではなかった。

めぐみが戸惑った様子で立っている。

「──どうも」

と、あの刑事が言った。「今日は大変だったね」

「則子、あんたは二階へ行ってなさい」

と、めぐみが言うと、

「いや、お嬢さんも現場におられたわけですからね。一緒に話をうかがいたい」

「明日は学校があるんです」

と、めぐみが言い返した。

「お手間はとらせません」

めぐみは、パジャマ姿の則子へ目をやって、

「じゃ、上に何かはおってらっしゃい」

と、言った。

階段を上りかけた時、玄関のドアが開いて、父が入って来た。

「ただいま──」

と、二人の刑事を見て、「こちらは？」

「警察の者です」

と、一人が会釈し、警察手帳を見せる。

「ああ……。どうも」

則子は、重苦しい気分で、階段を上って行った。

——一応、ジーパンとトレーナーに着替えて下りて来ると、刑事たちと両親は居間のソファに座って、お茶も出ていた。

「お父さん。——あの人、どう?」

則子は、そう訊かずにはいられなかった。

「金井君か。やけどは手とか胸で、大分ひどいようだ」

と、水浜はため息をついて、「しかし、幸い顔や目をやられてはいなかった。手で覆っていて、助かったんだろう」

「いや、お手柄だったね」

と、刑事が言った。「君らの方が、頼りない男連中より、よっぽど活躍したっていうじゃないか」

「しかし、学校をさぼったりするのはいかんぞ」

「うん。ごめん」

と、則子は素直に謝った。

「それなんだがね」

と、刑事は則子の方へ向いて、「どうして君は友だちと二人で、あんな所へ行ってたんだ？」

則子は、自分が何か訊かれると思っていなかったので、ドキッとした。もちろん、父の手紙のことなど、言うわけにはいかない。

「あの……火事の現場って、一度見てみたくて……。金井さんって親切そうだったから、頼んでみようかと……」

我ながら、いい加減な説明だ、と思った。わざわざ学校をさぼってまで行くほどのこともないではないか。

しかし、刑事は意外にあっさりと、

「そうか。確かに面白いものな」

と、納得した様子だった。「いや、面白い、と言っちゃ気の毒だが。――ま、そのおかげで発見が早くて、大事に至らずにすんだわけだし」

「ホッとしています」

と、水浜が言った。「非常ベルが鳴り出す前に消し止められて」

「今日、火が出た時、あなたはどこにおられました？」

刑事に訊かれて、水浜は一瞬ポカンとしていたが、

「――ああ、確か――そう、知らせを聞いたのは席で、です」

「その前は？」

「回っていました、売場を」

「どの辺です？」

「どの辺といって……あちこちですね。在庫の管理が仕事ですから、全体を見て回る必要があります」

「なるほど」

刑事は肯いて、「どなたかと一緒に？」

「いや、一人です。――もちろん、回る途中では色々会ってますが」

「たとえば？」

と、刑事は手帳を構えた。

「――たとえば、って？」

「途中で会った人です。何人でもいい。思い出して下さい」

「はあ……。誰だったかな」

と、水浜は当惑している。「何しろ、後のごたごたで……」

「しかし、一人や二人は思い出せるでしょう？　どこの売場の誰、とか」

「たぶん……。毎日回っていますから、今日のことだったか、昨日のことだったか……その……日常の仕事ですので……」

「刑事さん」

と、めぐみが、たまりかねて口を出した。「主人が火をつけたとでもおっしゃるんですか」

「そうは言っていませんよ」

「でも、その訊き方は――」

「いや、一応、水浜さんは責任者の立場でしょう。その責任者が、火が出た時どこにいたのか、確かめているだけです」

刑事の説明で、納得できるわけもなかったが、めぐみは口をつぐんだ。

水浜が、かなり心もとなげに数人の名をあげると、刑事はメモをとった。

刑事は、その他に、水浜のこれまでの職場について、細かく知りたがった。水浜は、スーパーを転々と移った後、今の本店勤務になったことを説明した。

「いや、どうもお疲れのところ」

と、刑事は手帳をしまい込んだ。「――そうそう、忘れるところだった」

と、ポケットから写真を一枚とり出して、

「この女、売場を回っている時に見かけませんでしたか」

と、水浜へ渡した。

水浜は手にとって眺め、

「――さあ。憶えがありませんが」

「でしょうね。いや、放火犯でしてね。かなりたちの悪い。もしかすると、そいつかもしれん、とにらんでいるんですよ。――いや、どうも」

刑事はその写真を、またポケットへしまい込んだ。「奥さん、お邪魔しました」

刑事たちは、帰って行った。

「――何かしら、全く！」

めぐみが青ざめて、声を震わせた。「人のことを犯人扱いして！」

「ま、あれが仕事なのさ」

と水浜が息をつく。「やれやれ……。おい、どうしたんだ」

めぐみが泣き出してしまったのを見て、水浜は当惑した。

則子は、

「寝るね。――おやすみ」

と声をかけ、急いで階段を上った。

「おい……。しっかりしろよ……」

と、父が慰めているのが、小さく聞こえた。

自分の部屋へ入って、則子は高鳴る心臓の辺りを、じっと手で押えていた。

――あんなこと、本当にやるんだ。

嘘みたいだった。小説とかＴＶじゃよく見るけど……。それが実際にやられると、
気が付かないものなのだ……。

お父さんだって、あれがＴＶの刑事ものか何か見てるんだったら、すぐに気が付いただろう。でも、まさか自分が、そんなことをやられるなんて、思ってもいない

から……。

あの刑事は、あの写真で、お父さんの指紋を採ったんだ。

おかしいな……。則子は、昼休みになると同時に、久仁子が教室から出て行ってしまうのを見て、妙な気分だった。

朝から、久仁子はずっと則子を避けているらしい。もちろん、昨日の出来事のショックが、まだ残っているのだろうが、それにしても、何かじっと思い詰めているような様子は、ただごとじゃなかった。

心配ではあったが——ちゃんとお昼のお弁当は食べた。そして、久仁子を捜しに教室を出たのである。

廊下を歩いて行った則子は、途中、ハッとして足を止め、あわてて物かげに隠れた。

ずっと先のドアから出て来たのは、ゆうべ家へ来た二人の刑事だったのである。そして、教務主任の先生。それから——久仁子が出て来た。

則子は、久仁子が一人だけこっちへやって来るのを見て、待っていた。通りかかったところを、パッと腕をつかむと、

「キャッ！」

と、久仁子は声を上げた。

「静かにして！　どうしたっていうの？　朝から口もきかないで」

久仁子は目を伏せた。

「――ね、話があるんでしょ？」

則子は、久仁子を引っ張って、校庭へ出た。

いいお天気だが、外へ出る子は少ない。

「――ゆうべ、あの刑事たち、うちへ来たのよ」

と、則子は言った。「お父さんの指紋、採ってった。――時間の問題かもね」

「則子……」

「あの人たち、何て訊いたの？　久仁子、何を話したの？」

久仁子は、しばらくうつむいて、答えなかった。――そして、ギュッと両手を握りしめると、

「則子……。黙ってようかと思ったんだけど……私……」

と、跡切《とぎ》れ跡切れに言った。

「何を？」

「私――見たの」

「見た、って……」

「昨日。――二階で、私、お手洗に行ったでしょ。あの時に……」

久仁子は、それきり黙ってしまった。

「久仁子！　何を見たのよ？」

則子は、久仁子の腕をつかんだ。「久仁子！」

久仁子は、震える声で言った。

「則子の……お父さんを」

「――お父さんを？」

則子の声はかすれていた。

「ええ……。でも――見ただけよ。それだけなの」

久仁子は、じっと顔を伏せたままだった。

突然、二人の間には重苦しい、今まで知らなかった何かが、立ちはだかった。その沈黙は、いつも喧嘩した時のそれとは全く違って、二度と溶けることのない氷のようでもあった。

「言いたくなかったんだけど……」

と、久仁子は低い声で、「でも……訊かれると、嘘は言えなくて……」

「そりゃそうよ」

と、則子は大きな声で言った。「久仁子は当然のことしただけじゃない。本当のことを刑事さんに話したんだから」

「則子――」

「そうよ。ちゃんと本当のことを言うのよ。いい、いい子なんだから。きっと久仁子、表彰されるんじゃないの？　凶悪な放火魔を捕まえるのに、力があったって。おめでとう」

則子は、泣き出しそうになって、「良かったね！」

と言うなり、駆け出していた。

久仁子は、その場に立ち尽くしたまま、声を殺して泣いていた……。

ただいま……。

則子は、玄関のドアを開けて、そう言ったつもりだったが——言葉にはなっていなかった。

家の中は暗くて、人の気配がない。誰もいないんだろうか。

上って、居間を覗くと、母がソファに座って、じっと身じろぎもせずに、目は暗い床を見つめている。——則子はゾッとした。

カチッとスイッチを押すと、明りが点《つ》く。

「——お帰り」

と、めぐみは則子を見た。「遅かったのね」

「いつもの通りよ」

と、則子は言った。

「お腹空《す》いてる？」

「今はまだ……」

「そう。——少し待っててね」

則子は、床に鞄を置くと、母のそばに座った。

「具合、悪いの？」

「疲れてるのよ」

「お父さんのことで？」

母が、則子を見る、

「どうして、そう思うの？」

「学校に刑事が来て、久仁子と話してったの」

「そう」

「お父さん、嘘ついてたんだ。二階の、火の出た所の近くにいたのよ」

「だから？」

「お母さん、疑ってるんでしょ」

「則子は？」

「私は――」

違う！　お父さんじゃない。則子は、突然、激しい闘志がわき上って来るのを感じた。

沈み込んでいる母を見て、則子は、このままじゃ誰も父を信じなくなる、と思ったのだった。

「馬鹿げてる！」

と、則子は勢いよく言って、立ち上った。

めぐみが面食らって、

「則子――」

「お父さんに、そんなことできるわけないじゃない！　火なんかつけたら、自分でやけどしちゃうよ」

則子は、笑顔を見せて、「しっかりしようよ！　他の人がどうでも、私はお父さんのこと、信じてる！」

めぐみが、目を潤ませた。

「そう……。そうね」

と、肯いた。「お父さんみたいな不器用な人に、そんなこと、できないわね」

「そうよ！　お父さん、捕まったの？」

「そうじゃないけど……。事情を聞きたい、って警察へ……」

「じゃ、帰って来た時、うんと明るくしとこうよ！」

「そうね。――ごちそう作って」

「すき焼にしよう。うんといい肉買って」

「百グラム千円の？」

「もっともっと！　百グラム五、六千円ってのがあるのよ、高級スーパーに行くと」

「じゃ、三千円ぐらいにしときましょ」

「ケチ！」

と、則子は笑った。

めぐみも笑った。

「――カーテン、ちゃんと閉めなきゃ」

則子は、家中を駆け回って、カーテンを引き、明りという明りを点けて歩いた。

そうだ！　お父さんじゃない！

絶対に、お父さんは放火魔なんかじゃない！

9

「部長」

と呼ばれて、田ノ倉はふと顔を上げた。

「うん？」

「警察の方が」

と、若い女子社員が不審げに、「部長に立ち会っていただきたいんだそうですけど」

「分った。もちろん行く」

と、田ノ倉が肯いたので、女子社員はホッとした様子だった。

田ノ倉は立ち上ると、ハンガーにかけてあった上衣を着た。

「――お父さん」

振り向いて、田ノ倉は、びっくりした様子で、

「香苗。――どうしたんだ？」

吉沢香苗は、心もち青ざめた表情で、

「心配で、来てみたの。――水浜さん、来るんでしょ」

「ああ。刑事と一緒にな」

「私も行っていい？」

「どうして？」

「ずいぶんお世話になったのよ、水浜さんには。公平のことで」

田ノ倉は肯いて、

「そうだな。――じゃ、一緒においで」

と、言った。

二人は、在庫の段ボールの間を抜け、階段を下り始めた。

「――公平は？」

「お母さんが見ててくれるわ」

「来てるのか」

「一緒にね。オモチャの売場で遊んでるはずよ」

「そうか」

二人は階段を下りて行った。

二階まで下りて行くと、燃えた跡の、まだ生々しい床に、数人の刑事と水浜が立っているのが目に入って、田ノ倉は足を止めた。そして香苗も。

「——田ノ倉さん、どうも」

と、刑事の一人が会釈した。「そちらの方は？」

「娘です。水浜君に、色々面倒をかけたことがありまして。ぜひ、と言うので。お邪魔でしょうか」

「いや、別に。——じゃ、少し離れて、ご覧になっていて下さい」

と、刑事は言った。

香苗は、一人、離れた場所に移ると、水浜へ目をやった。

水浜は、別人のように老けて見えた。いや、疲れて見えた、と言うべきかもしれない。

目の前でやられていることに、何の興味もない、という様子だった……。

「田ノ倉さん」

と、刑事が言った。「水浜浩一さんについてですが、どんな印象をお持ちですか？」

「水浜君のことですか」

田ノ倉は、ちょっと当人の方へ目をやりながら、「頼りになる男です」

「というと、具体的には？」

「まあ――お話しした通り、スーパーマーケットの部門をずっと回っていて、ずいぶん苦労したと思います。しかし、本店へ来てから、充分にそのキャリアを活《い》かしていたと思います」

「つまり、働きぶりに満足されていたわけですね」

「ええ」

「極めて有能だった、と」

「有能です」

水浜が、ちょっと照れくさそうに、微笑んだ。ここで初めて見せた表情だった。

「その有能な彼が、なぜこれまで本店に来なかったんでしょう？」

と、刑事が訊く。

「それは……。まあ、色々内部の人事の問題です」

「というと？」

「どこにも人脈とか、系列というものがあるでしょう」

「確かに」

と、刑事は肯いた。「すると、本来ならもっと早く、水浜さんは本店のこういうポストについても良かった、と？」

「それは考え方です」

と、田ノ倉は言った。「本人の適性や志望もありますし」

「水浜さんの場合は？」

「本店に来たい、と願っていたようです」

「すると、なかなか認められなかったことで、不満を持っていた、と？」

「そこまでは……。少なくとも、今はその望みの通りになったわけですから」

「なるほど。――しかし」

と、刑事は水浜の方を見て、「その水浜さんが、このデパートに放火したとしたら、どうです？」

「信じられません」

と、田ノ倉は即座に言った。「そんなことをする必要はなかったはずです」

「確かに」

と、刑事は肯いて、「念願の本店勤務。しかも課長ですからな。一見、何の不満もないように思えますがね」

「というと？」

「長い間、憧れつづけていたものを、いざ手に入れると、意外に大したものでなくて、がっかりするってことは、よくあります。水浜さんの場合も、そういうことは考えられませんか」

「おっしゃる意味が……」

「つまり、やっと本店勤務にはなったものの、仕事も待遇も、望んでいたものとは、大分違っていた、ということです」

「それは……」

「裏切られた、と感じたかもしれませんね。表面上は、張り切って見せなくてはならない。そのギャップもあったでしょう。――その毎日の不満が重なって、放火に至る。充分に考えられることです」

田ノ倉は、苦笑して、

「私は心理学の専門家じゃありませんので」

と、言った。

「確かに。しかし、現に、ここでの火災の時、その直前に水浜さんがここにいた、という証人がいるのです」

水浜が、ちょっと目を伏せる。

「しかし、それだけのことで――」

と、田ノ倉が言いかけた。

「問題は、水浜さんがその事実を隠していたという点です」

刑事の声が厳しくなった。「隠していた、ということは、何かわけがあるからだ。そうでしょう」

刑事は、水浜を見据えて、

「あの時、ここにいたんですな」

と、訊いた。

質問というより、決めつける感じだった。

「——確かに、いました」

水浜は肯いた。「しかし、火が出る前でした」

「そうですか？　ではここで何をしていたんです？」

水浜は、ちょっと肩を揺すった。

「私の仕事は在庫を見て回ることですから」

「しかし、あなたは、店の中を見て歩いていた、と言ってたんですよ。あなたを見たという証人が出て来るまではね」

水浜は口をつぐんだ。

「なぜ、嘘をついたんです？」

と、刑事はたたみかけるように訊いた。「ここで一体、何をしてたんですか」

——張りつめる沈黙があった。

そして、何十秒か、何分か——何時間かにも思えるほどの長さだった——たって、水浜は言った。

「それは言えません」

首を振って、「言えません」

と、くり返した……。

則子は、二階の売場を、ただ歩き回っていた。紳士用の小物を売るフロアで、女子学生が何をしているのか、店員も不思議だったかもしれない。

しかし、たとえそう思っていたとしても、誰も則子に話しかけはしなかった。則子の周囲には、まるで目に見えない壁があるみたいだったからだ。

そこには、何か人を近付けないものがあった。

父が、今、この間の火事の現場へ来ていることは、則子も知っていた。心配で、いても立ってもいられなくて、やって来たのである。

本当なら学校へ行っていなくちゃいけないのだが、今日は、そんなこと言っていられなかった。

——父が警察に調べられてるから、休んだんじゃない。

そう。絶対に、そんなことで休みはしないんだから！

学校でも、そのことは知れわたっていた。——友だちが妙に気を使って、やさしくしてくれたりすると、却って則子は苛立つのだった。

久仁子とは口をきかない。別に、則子は怒っているわけじゃなかった。だって、久仁子は本当のことを言っただけだったんだから。

ただ、久仁子の方が則子を避けているので、則子もあえて口をきこうとしなかっただけなのである。

〈高級紳士小物〉というコーナーへ、則子はやって来ていた。——客の姿もまばら。静かでいいや、と思った。

財布、キーホルダー、ネクタイ、ネクタイピン、カフスボタン……。

値段を見ると、たぶん、父の持ってる物と一桁《けた》か二桁違っていそうだけど、見てるだけなら、楽しかった。

そうだ。——今度のことが、うまく解決したら、お父さんに、何か買ってあげよう。

大変だったね、お父さん、と言って。

きっと、お父さん、涙もろいから、泣くだろうね。すかさず、毎月のこづかいを上げてって、頼もうかしら……。

あの黒革の財布。――すてき。値段も凄いけど。

ふと、視野の隅の方で、チョコチョコ動くものがある。見ると、何だか子供服のポスターから抜け出して来たような可愛い子が、則子を見て、ニッコリ笑った。

男の子だ。五つか六つか。女の子の服を着せてもよく似合うだろう、と思った。

でも――一人？　親はどこにいるんだろう？

見回していると、その男の子は、何やら手の中に握ったものを、カシャカシャいわせながら、タタタッと走って行ってしまった。

どこの子か知らないけど、元気のいい子だ。

則子は、またケースの中を覗きながら、歩き出した。

すると、和服姿の、五十代かと思える女の人が、ひどくあわてた様子でやって来たのである。

「あの……ごめんなさい」

と、則子へ声をかけて来る。

「はい？」

「小さな男の子、見ませんでした？」

あの子か。――きっと、この人の孫なんだな、と思った。

「五つぐらいの?」

「ええ、そう！　どっちへ行きました?」

「あっちの方へ走って行きましたけど」

と、則子が指さすと、

「どうもありがとう」

と会釈して、その女の人は、急いで行ってしまった。

何といっても和服だし、走りにくいだろう。あの子供と追いかけっこしても負けそうである。

則子は、張りつめていた気分が、あの子供を見かけて、少しほぐれて来るのを感じていた。

でも、お父さんは、今ごろ……。

「則子」

声を聞いて、すぐに誰だか分った。でも――どうしてこんな所に?

「久仁子!　何してるの?」

と、則子は目を疑った。「学校は？」

「早退して来たの」

久仁子は少し息を弾ませていた。「則子の家に行ったら、お母さんが、則子、ここだって……」

「今、お父さんが来てるの」

「うん、聞いた」

久仁子は、息をついて、「ごめんね、則子」

と、目を伏せた。

「怒ってなんかいないよ。久仁子は、見たことを話しただけじゃないの」

「それだけじゃないの」

「どういうこと？」

「則子のお父さんを、あそこで見たのは本当よ。でも――お父さん、一人じゃなかったの」

則子は、久仁子の肩に、思わず手をかけていた。

「誰がいたの？」

久仁子は、少したためらってから言った。

「——女の人」

則子は、久仁子が辛《つら》そうに言う言葉を、しっかりと受け止めた。

「女の人と——」

「女の人がね……則子のお父さんに言ってた。『どうしても、諦《あきら》め切れないの』って。『月に一度でも、二か月に一度でもいいから、会って下さい』って」

「——それで?」

「こうも言ったわ。『もう、何度も寝た仲じゃないの。今やめても同じだわ』って……」

久仁子の頬《ほお》が紅潮した。

則子には、久仁子の受けたショックがよく分った。もちろん則子自身だって、ショックだ。しかし——久仁子は、則子の父に、憧れているところがあったのだ。すてきで、やさしくて、いいお父さん……。

久仁子の中の「すてきなお父さん」を、叩き壊されてしまったのである。

「そうか……」

「私……そのこと、言えなかったの。ごめんなさい」

「いいのよ。──分る。分るもん」

「でもね」

と、久仁子は言った。「則子のお父さん、こう答えたの。『もう会わないと決めたんですよ』って。『二度と、僕の前に現われないで下さい』って。きっぱり、そう言ったのよ！」

「それじゃ、お父さんは、火をつけてたわけじゃないのね」

「その先は聞いてないけど、二人して、売場の方へ出て行ったわ。だから、則子のお父さんじゃないのよ」

「久仁子。──それを刑事さんに話してくれる？」

「うん。そのつもりで来たの」

「じゃ、行こう！」

則子は、久仁子の手を引いて歩き出した。「どこだっけ？」

「あっちじゃない？　私の使ったトイレが、確かその向うだから」

「久仁子にしちゃ上出来」

「何よ！」

二人は、ちょっと笑った。

売場の裏側へ入って行くと、トイレがあった。

「そう。ここよ。その先に――」

久仁子は、足を止めた。「則子、どうしたの？」

則子が、立ち止って、

「今、聞こえたの……」

「え？」

「しっ！」

――カシャカシャ。

あの音。さっきの子供が、何か手の中に握っていた時の……。

「女子トイレの中ね」

と、久仁子が言った。

「うん。――覗いてみる」

則子がトイレの扉を開けると、目の前に、あの男の子が立っていた。そして、びつくりしたように、手の中の物を落とした。

ライターだ。

則子は、息をのんだ。——女子トイレの、洗面台のわきに置いてある、ベビーベッドが、燃え上っている！

火は、ペーパータオルのホルダーへとのびて、ペーパータオルが燃え始め、火のついた小片となって飛び散っていた。

「消さなきゃ！」

と、則子は叫んだ。

「則子——」

「その子を捕まえてて！」

則子は駆け込んで、蛇口の水を一杯に出すと、手で受けて、ベビーベッドにかけた。

これじゃだめだ！——バケツが、どこかに——。

掃除用具のところだ。きっとこの奥にある！

則子は、一番奥の、細いドアを開けた。バケツがある。

急いでそれを手に取ると、洗面台へ戻り、水を入れた。

ペーパータオルのホルダーが火で溶けて、中のペーパータオルがメラメラと燃え上った。

則子は、水の一杯に入ったバケツを持つと、ベビーベッドに、そしてペーパータオルのホルダーへかけた。

火は完全には消えていない。しかし、もう広がりはしないだろう。

足音がした。

「何だ！」

と、顔を出したのは、あの刑事だった。

「刑事さん！　その子です」

と、則子が、久仁子に捕まえられている男の子を指さした。「そのライターで火をつけたんです」

「――公平！」

と、刑事を押しのけるようにして入って来た女性が、久仁子の手から、男の子を引き離した。

「則子じゃないか！」

水浜も、やって来たのだ。

「お父さん、今、久仁子が——」

「その人よ」

と、久仁子が言った。

「え？」

「あの時、則子のお父さんと一緒にいたのは、その女の人だわ」

久仁子は、しっかりと男の子を抱きかかえている女性を、指さしていた。

そこへ、あの和服の女性が駆けつけて来た。

「香苗……」

「お母さん！　何してたのよ！　ちゃんと見ててと言ったでしょう！」

「ちょっと目を離した隙《すき》に——」

刑事が、ハンカチを使ってライターを拾い上げた。

「——これで火遊びを？」

「公平じゃありません！」

と、香苗が叫ぶように言った。

「そうか……」

と、水浜が、呟くように言った。「部長。――ご存知だったんですね」

田ノ倉が、ゆっくりと香苗の前に立った。

「水浜君――」

「お孫さんが、あの日もいらしてましたね。そして、一人でどこかへ駆け出して行った。その後私はお嬢さんを駐車場まで送りました。その間に、火が燃え広がっていた」

香苗が、泣き出した。

田ノ倉は、娘の肩をそっと抱くと、言った。

「この子のせいじゃない。言い出したのは、私なんだ」

「お父さん……」

「孫が火で遊んでも、責任をとらせるわけにはいかんしな。――それが原因で火事を起こしたとあっては、私が責任をとる他はない。何とか、ごまかし通せないか、と思った」

「それで、父に、あの手紙を作らせたんですね」

と、則子が言った。

「そうだ。――水浜君。すまんことをした」

「部長……」

「放火となれば、犯人が必要だ。私は、君を犯人に仕立てようと思った……」

「ここでの火事も――」

「あれは私が、やった」

「部長が？」

「そうだ、君への疑いを強めたくて――」

「お父さん、やめて」

と、香苗が言った。「いいのよ」

「黙っていなさい！」

「いいえ」

香苗は首を振った。「水浜さんに言い寄って拒まれ、私、カーッとなって……。

火をつけたのは、私です」

「お前は……」

「いいのよ。まさか、誰かがあんなに大やけどするなんて、思いもしなかった」

香苗は、公平を母親の方へ託すと、「水浜さん、ごめんなさい」

と、うなだれた。

「いや……」

「あなたは、ここでのことを、話さなかったわ。私のプライドを守ってくれた。それなのに私……」

刑事が息をついて、

「ゆっくりお話をうかがう必要がありそうですな」

と、言った。

則子は、父の方へ歩いて行くと、

「良かったね」

と、言った。

「うん。しかし——お前、学校はどうしたんだ？」

と、水浜が訊いた。

エピローグ

すき焼の鍋《なべ》をつついて、水浜が言った。「高かったろう」

「まあね」

と、めぐみが言った。「いくらだと思う？」

「さあ……。百グラム千円ぐらいか」

「ごちそうしがいのない人ね」

と、めぐみが笑った。

「三千円だよ、三千円」

と、則子が言うと、

「おい！　正気か？」

と、水浜が目を丸くした。「じゃ、少しずつちぎって食べよう」

「旨《うま》い肉だな」

「オーバーね」

と、めぐみが笑って、「これは百グラム二千円のお肉」

「あれ？　三千円じゃなかったの？」

則子は早々とご飯のおかわりをした。

「——少し下げたのよ」

と、めぐみがご飯をよそいながら、「お父さんの火遊びの分だけね」

水浜がウッと喉《のど》にご飯を詰らせ、目を白黒させる。

それを見て、めぐみと則子は一緒に笑い出してしまった。

「——あ、電話だ」

則子は立ち上って、「私、出る。きっと、久仁子だ」

と、出て行く。

水浜は、食べる手を止めて、

「悪かった。謝るよ」

「もういいわよ。——でも、あなたも一回やったんだから、私も一回はいいわけね、浮気しても」

「おい……」

「私、面倒くさがり屋だから」

と、めぐみは笑った。「——部長さんは？」

「今日付で退職だ。いい人だったがな」

と、水浜は首を振って、「娘と孫のため、と思って、あんなことをしたんだろう」

「そうね。——腹も立つけど、許してあげるべきかもしれないわ」

「うん……。そうだな」

また食べ始めていると、則子が戻って来た。

「久仁子だった」

「そう。何ですって？」

「お父さんによろしくって」

「あなた」

と、めぐみが言った。「久仁子ちゃんの心を傷つけたのよ。反省してちょうだい」

「分ってるよ」

「そのことならね」

と、則子が言った。「久仁子と相談したの。——一度、お父さんにフランス料理をおごってもらうことで手を打とうって」

「フランス料理？」

　水浜は目を丸くした。

「そろそろ、そういう場にも慣れとかないとね。ね、お母さん？」

「そうね。私もご一緒しましょ」

「もちろんよ。――いいんでしょ、お父さん？」

　則子に訊かれて、水浜はちょっと考えていたが、やがて、恐る恐る、

「ボーナスの後でいいか？」

　と、訊いたのだった……。

解説

山前　譲
（推理小説研究家）

一九七六年に「幽霊列車」でオール讀物推理小説新人賞を受賞してデビューした赤川次郎氏のオリジナル著書が、二〇一七年に六百冊を超えた。それほどの数になった作品群を概略でも紹介することの難しさは、誰の目にも明らかだろう。

目立つのは、本文庫に収録されている〈花嫁〉シリーズや、五十作を超える〈三毛猫ホームズ〉シリーズなど、二十余りのシリーズものだ。けれど、著書の数としては、それは全体の半数をちょっと上回るくらいなのである。その他のノンシリーズにも、いやノンシリーズにこそ、赤川作品の多彩な魅力がちりばめられているともいえるのではないだろうか。

たとえば、一九九〇年十一月に実業之日本社から刊行された本書『哀しい殺し屋の歌』である。表題作のほかに「パパは放火魔」を収録した中編集だが、この二作を原点にすることで、大きな広がりを見せている赤川ワールドにすればほんの一端かもしれないが、その作品群を俯瞰することができる。

「哀しい殺し屋の歌」はタイトルにあるように、殺し屋の杉山がストーリーの中心にいる。ただ、正確にいえば元殺し屋で、今はぼろアパートに独り住み、いきつけのバーで酔っぱらいながら、自慢話をしている六十二歳の冴えない男だ。華麗な仕事ぶりを話しても、バーテンダーがまったく信じないのは当然だろう。

そのバーに現れたのが、杉山のひとり娘の克子である。かつては彼も家族を持っていたのだ。妻は七年前に病死したという。そして克子は、二十以上も年上の貿易会社社長と結婚した。だが、なんと最近、殺されたと克子はいうのである。一方、杉山に少年が殺しを依頼してきた。ターゲットはかつての殺し屋仲間……。

遥か彼方のターゲットを銃で射殺したり、切れ味鋭いナイフで一瞬にしてターゲットを死に至らしめたり……フィクションの世界では大活躍しているのが殺し屋だが、はたして現実に存在している？　それを確かめる術はないけれど、赤川作品ではそこかしこに殺し屋が登場してきた。

『ひまつぶしの殺人』（一九七八）に始まる早川家のシリーズは、泥棒の母親以下、殺し屋、弁護士、刑事の三兄弟に詐欺師の長女という、とてもユニークな五人家族が事件に巻き込まれ、てんやわんやの大騒ぎとなってしまうユーモア・ミステリーだ。シリーズ第二作の『やり過ごした殺人』（一九八七）では長男の殺し屋のもとに殺しの依頼があった。

『三姉妹探偵団6　危機一髪篇』（一九八九）では佐々本三姉妹が殺し屋に狙われている。主人公であるシリーズキャラクターだからといって、安心してはいられないのだ。いや、主人公だからこそ狙われるのかもしれないが。

　シリーズキャラクターではもっとも作品数の多い〈三毛猫ホームズ〉シリーズには、「三毛猫ホームズの殺し屋稼業」と題された短編がある。けれど、いくら人間勝りのホームズでもさすがに殺し屋は不可能だろう。殺し屋はやっぱり人間である。〈吸血鬼〉シリーズの『吸血鬼は殺し屋修業中』（二〇〇七）もエリカが殺し屋を志しているわけではないので一安心だ。夫は泥棒、妻は刑事という今野夫妻のシリーズでは、「毒薬は口に苦し」に毒薬専門（！）の殺し屋が登場している。

　シリーズキャラクターものなかでもっとも印象的な殺し屋は、一年に一歳ずつちゃんと年を取っていく〈杉原爽香〉シリーズの中川満だ。爽香がいきつけの喫茶店の陰のオーナーでもある中川は、裏社会の情報を集めたり、ときには殺し屋としての仕事をちゃんと（？）こなしたりと、爽香をなぜかサポートしつづけている。やたらと爽香をデートに誘ったりもしているけれど、爽香がずいぶん助けられているのは間違いない。

シリーズもの以外では、『殺し屋志願』（一九八七）に中年の殺し屋が登場している。殺意を抱いているのが十七歳の女子高生というところに、赤川作品の重要なキーワードが現れているだろう。『乙女に捧げる犯罪』（一九八八）の友紀が殺し屋と出会ったのは幼い頃である。アパートの一室に監禁されていたところを助けられたのだ。そして女子高生となった友紀が、その殺し屋と再会している。

『危険な相続人』（一九八八）の桐子は二十一歳にして社長なのだが、好きになった男を殺したくなるという困った病気があった。いかにも赤川作品らしいユニークな主人公だ。けれど、商売抜きの殺し屋はちょっと面倒だろう。『清く正しく、殺人者』（一九九七）の主人公は、かつて裏組織の腕利きの殺し屋だった男である。すっぱり足を洗ったつもりだったが、このところ娘の周囲におかしな出来事が続くのだった。

短編では「世界は破滅を待っている」、「一日だけの殺し屋」、「殺し屋なんてガラじゃない」といった作品に殺し屋が関係しているが、どうやって職務（?）をこなしていくのかといったような、殺し屋の日常が赤川作品で描かれることはない。殺し屋は殺意の代理人である。その殺意にミステリーとしての謎が秘められているのだ。

そしてもう一作の「パパは放火魔」は、タイトルにインパクトがあるだろう。現実的な話をするならば、放火、すなわち現住建造物等放火罪の法定刑は死刑、無期懲役もしくは五年以上の有期懲役で、殺人と同等なのである。そんな重罪を父親が犯した？　作中人物だけでなく読者も、ヒヤッとするに違いない。

赤川氏はエッセイ集『ぼくのミステリ作法』（一九八三）のなかで、〝僕のノートには、プロットやトリックのメモに加えて、タイトルのメモというのがあります。いつかこのタイトルを使おうと書きためてあるので、内容の方はまるで白紙〟と述べている。読者を惹きつけるインパクトたっぷりのタイトルもまた、赤川作品を特徴付ける大きな要素のひとつなのだ。

『セーラー服と機関銃』（一九七八）や『死者は空中を歩く』（一九七九）など、初期長編のタイトルにはとりわけ驚かされたものだ。〈花嫁〉シリーズの『花嫁は女戦士』（二〇〇一）も、シリーズのなかではとりわけタイトルが謎めいているのではないだろうか。また、『交差点に眠る』（二〇一〇）や『終電へ三〇歩』（二〇一一）と、シリーズものではない長編は、タイトルからしてミステリアスなものが多い。

タイトル優先という創作意図がいちばん明確なのは、『血とバラ』（一九八〇）に始まる〈懐しの名画〉シリーズだ。古今東西の名作映画の邦題をモチーフにした連作で、続いて『悪魔のような女』（一九八二）、『埋もれた青春』（一九八七）、『明日なき十代』（二〇〇〇）と書き継がれた。もちろん映画のストーリーをそのままなぞったものではないのだが、タイトルがひとつの雰囲気を醸し出している。

まずタイトルから惹かれる「パパは放火魔」のメインテーマは家族だ。水原浩一はデパートの在庫課長である。その娘、中学三年生の則子が、そのパパの職場を訪れた日、館内に非常ベルが鳴り渡る。火事が発生したのだ。かなりの数の被害者が出てしまった。責任はどこに？　浩一は管理部長の田ノ倉に食事を誘われ、その席でとんでもないことを頼まれる。放火犯を装って警察に手紙を出してくれと……。

ようやく父が系列のスーパーからデパート本店に勤めるようになった水浜一家と、もうひとつの家族が絡み合うなかで、デパート火災の謎が深まっていく。サラリーマンの悲哀は、『上役のいない月曜日』（一九八〇）や『サラリーマンよ悪意を抱け』（一九八〇）といった初期短編集で描かれていたが、今なお理不尽なルールがまかり通っているサラリーマン社会である。共感を覚える読者は多いに違いない。

そして、切れそうで切れない、危うい家族の絆がミステリーとしての興趣を深めている。中学生の則子の揺れ動く繊細な心理と、一方で物事に動じない積極的な行動は、十代の女性を主人公にすることの多い赤川作品ならではのタッチと言えるだろう。

直接的な関係はないけれど、「パパは放火魔」から連想されるのは『家族カタログ』（一九九五）だ。万年係長だった父親が昇任試験を受けるところから始まる曾根一家の大騒動を描いた連作だが、「パパは受験生」、「ママは国際スパイ」、「叔父さんは大泥棒」といったタイトルが、この「パパは放火魔」と……。ユーモアたっぷり、抱腹絶倒の物語のなかで家族の絆が描かれているのも共通している。

殺し屋と家族。ここに収録された二作のテーマはまったくかけはなれているが、それは赤川作品の多様性のひとつの証明である。そうでなければ六百冊を超える著書を書くことはできないのだ。

この作品は、
一九九〇年十一月に実業之日本社よりジョイ・ノベルスとして、
一九九四年四月に角川文庫として刊行されたものです。

実業之日本社文庫　最新刊

碧野 圭
スケートボーイズ
全日本選手権を目指す男子大学生フィギュアスケート選手を描いた胸熱の青春ドラマ。たとえ頂点に立てなくても、俺たちはいつも輝いてる！（解説・野口美惠）
あ5 6

赤川次郎
哀しい殺し屋の歌
「元・殺し屋」が目を覚ましたのは捨てたはずの実の娘の屋敷だった。新たな依頼、謎の少年、衝撃の過去――。傑作ユーモアミステリー！（解説・山前 譲）
あ1 14

梓 林太郎
函館殺人坂　私立探偵・小仏太郎
美しき港町、その夜景に銃声が響いた――。謎の女の存在がこの事件の唯一の手がかり？　人情探偵よ、逃亡者の影を追え！　大人気トラベルミステリー。
あ3 12

越智月子
不惑ガール
四十三歳専業主婦、ホステス、読者モデル。元ミスコン女王たちの人生が交錯するとき、奇跡が起きる!?　読後感抜群の痛快ストーリー！（解説・青木千恵）
お4 1

佐藤青南
白バイガール　駅伝クライシス
白バイガールが先導する箱根駅伝の裏で、選手の妹が誘拐された!?　白熱の追走劇と胸熱の人間ドラマで一気読み間違いなしの大好評青春お仕事ミステリー。
さ4 3

津本 陽
鉄砲無頼伝
紀州・根来から日本最初の鉄砲集団を率い、戦国大名の傭兵として壮絶な戦いを生き抜いた男、津田監物の生きざまを描く傑作歴史小説。（解説・縄田一男）
つ2 1

中山七里
嗤う淑女
稀代の悪女、蒲生美智留。類まれな頭脳と美貌で出会う人間すべてを操り、狂わせる――。徹夜確実、怒濤のどんでん返しミステリー！（解説・松田洋子）
な5 1

葉月奏太
女医さんに逢いたい
孤島の診療所に、白いブラウスに濃紺のスカートを纏った、麗しき女医さんがやってきた。23歳で童貞の僕は診療所で…。ハートウォーミング官能の新傑作！
は6 4

花房観音
半乳捕物帖
茶屋の看板娘のお七は、夜になると襟元から豊かな胸をのぞかせ十手を握る。色坊主を追って、江戸城大奥に潜入するが――やみつきになる艶笑時代小説！
は2 3

実業之日本社文庫　好評既刊

赤川次郎
許されざる花嫁
長年連れ添った妻が、別の男と結婚する。新しい夫には良からぬ噂があるようで…。表題作のほか1編を収録した花嫁シリーズ！（解説・香山二三郎）
あ1 6

赤川次郎
売り出された花嫁
老人の愛人となった女、「愛人契約」を斡旋し命を狙われる男……二人の運命は!? 女子大生・亜由美の推理が光る大人気花嫁シリーズ。（解説・石井千湖）
あ1 7

赤川次郎
死者におくる入院案内
殺して、隠して、騙して、消して――悪は死んでも治らない？「名医」赤川次郎がおくる、劇薬級ブラックユーモア！傑作ミステリ短編集。（解説・杉江松恋）
あ1 8

赤川次郎
崖っぷちの花嫁
自殺志願の女性が現れ、遊園地は大混乱！事件の裏にはお金の香りが――？ロングラン花嫁シリーズ文庫最新刊！（解説・村上貴史）
あ1 9

赤川次郎
花嫁は墓地に住む
不倫カップルが目撃した「ウエディングドレス姿の幽霊」の話を発端に、一億円を巡る大混乱が巻き起こる!? 大人気シリーズ最新刊。（解説・青木千恵）
あ1 11

実業之日本社文庫　好評既刊

忙しい花嫁
赤川次郎

この「花嫁」は本物じゃない…謎の言葉を残した花婿がハネムーン先で失踪。日本でも謎の殺人が!?　超ロングランシリーズの大原点!（解説・郷原 宏）

あ1 12

四次元の花嫁
赤川次郎

ブライダルフェアを訪れた亜由美が出会ったのは、ドレスも式の日程も全て一人で決めてしまう奇妙な新郎。その花嫁、まさか…妄想!?（解説・山前 譲）

あ1 13

終電の神様
阿川大樹

通勤電車の緊急停止で、それぞれの場所へ向かう乗客の人生が動き出す——読めばあたたかな涙と希望が湧いてくる、感動のヒューマンミステリー。

あ13 1

探偵ファミリーズ
天祢 涼

このシェアハウスに集う「家族」は全員探偵!?　元・美少女子役のリオは格安家賃の見返りに大家の「レンタル家族」業を手伝うことに。衝撃本格ミステリ!

あ17 1

幻想運河
有栖川有栖

水の都、大阪とアムステルダム。遠き運河の彼方から静かな謎が流れ来る——。バラバラ死体と狂気の幻想が織りなす傑作長編ミステリー。（解説・関根亨）

あ15 1

実業之日本社文庫　好評既刊

池井戸 潤
不祥事
痛快すぎる女子銀行員・花咲舞が様々なトラブルを解決に導き、腐った銀行を叩き直す！　テレビドラマ「花咲舞が黙ってない」原作。（解説・加藤正俊）
い112

池井戸 潤
仇敵
不祥事を追及して職を追われた元エリート銀行員・恋窪商太郎。彼の前に退職のきっかけとなった仇敵が現れた時、人生のリベンジが始まる！（解説・霜月 蒼）
い113

伊坂幸太郎
砂漠
この一冊で世界が変わる、かもしれない。一瞬で過ぎる学生時代の瑞々しさと切なさを描いた一生モノの傑作長編！　小社文庫限定の書き下ろしあとがき収録。

い121

恩田 陸
いのちのパレード
不思議な話、奇妙な話、怖い話が好きな貴方に――クレイジーで壮大なイマジネーションが跋扈する恩田マジック15編。（解説・杉江松恋）
お11

熊谷達也
ティーンズ・エッジ・ロックンロール
このまちに初めてのライブハウスをつくろう――。東北の港町で力強く生きる高校生たちの日々が切ないほどに輝く、珠玉のバンド小説！（解説・尾崎世界観）
く52

実業之日本社文庫　好評既刊

佐藤青南
白バイガール
泣き虫でも負けない！　新米女性白バイ隊員が暴走事故の謎を追う、笑いと涙の警察青春ミステリー！　迫力満点の追走劇とライバルとの友情の行方は――？
さ41

佐藤青南
白バイガール　幽霊ライダーを追え！
神出鬼没のライダーと、みなとみらいで起きた殺人事件。謎多きふたつの事件の接点は白バイ隊員――？　読めば胸が熱くなる、大好評青春お仕事ミステリー！
さ42

周木律
不死症《アンデッド》
ある研究所の瓦礫の下で目を覚ました夏樹は全ての記憶を失っていた。彼女の前に現れたのは人肉を貪る異形の者たちで!?　サバイバルミステリー。
し21

周木律
幻屍症　インビジブル
絶海の孤島に建つ孤児院・四水園――。閉鎖的空間で起こる恐るべき連続怪死事件に特殊能力「幻屍症」を持った少年が挑む！　驚愕ホラーミステリー。
し22

知念実希人
仮面病棟
拳銃で撃たれた女を連れて、ピエロ男が病院に籠城。怒濤のドンデン返しの連続。一気読み必至の医療サスペンス、文庫書き下ろし！（解説・法月綸太郎）
ち11

実業之日本社文庫　好評既刊

知念実希人
時限病棟
目覚めると、ベッドで点滴を受けていた。なぜこんな場所にいるのか？　ピエロからのミッション、ふたつの死の謎…。『仮面病棟』を凌ぐ衝撃、書き下ろし！
ち12

西澤保彦
腕貫探偵
いまどき〝腕貫〟着用の冴えない市役所職員が、舞い込む事件の謎を次々に解明する痛快ミステリー。安楽椅子探偵に新ヒーロー誕生！（解説・間室道子）
に21

西澤保彦
腕貫探偵、残業中
窓口で市民の悩みや事件を鮮やかに解明する謎の公務員は、オフタイムも事件に見舞われて……。大好評〈腕貫探偵〉シリーズ第2弾！（解説・関口苑生）
に22

西澤保彦
モラトリアム・シアター produced by 腕貫探偵
女子校で相次ぐ事件の鍵は、女性事務員が握っている？　二度読み必至の難解推理、絶好調〈腕貫探偵〉シリーズ初の書き下ろし長編！（解説・森 奈津子）
に23

西澤保彦
必然という名の偶然
探偵・月夜見ひろゑの驚くべき事件解決法とは？〈腕貫探偵〉シリーズでおなじみ〝櫃洗市〟で起きる珍妙な事件を描く連作ミステリー！（解説・法月綸太郎）
に24

実業之日本社文庫　好評既刊

東川篤哉
放課後はミステリーとともに
鯉ケ窪学園の放課後は謎の事件でいっぱい。探偵部副部長・霧ケ峰涼のギャグは冴えるが推理は五里霧中。果たして謎を解くのは誰？（解説・三島政幸）
ひ41

東川篤哉
探偵部への挑戦状　放課後はミステリーとともに
美少女ライバル・大金うるるが霧ケ峰涼の前に現れた――探偵部対ミステリ研究会、名探偵は『ミスコン』＝ミステリ・コンテストで大暴れ!?（解説・関根亨）
ひ42

東野圭吾
白銀ジャック
ゲレンデの下に爆弾が埋まっている――圧倒的な疾走感で読者を翻弄する、痛快サスペンス！　発売直後に100万部突破の、いきなり文庫化作品。
ひ11

東野圭吾
疾風ロンド
生物兵器を雪山に埋めた犯人からの手がかりは、スキー場らしき場所で撮られたテディベアの写真のみ。ラスト1頁まで気が抜けない娯楽快作、文庫書き下ろし！
ひ12

東野圭吾
雪煙チェイス
殺人の容疑をかけられた青年が、アリバイを証明できる唯一の人物――謎の美人スノーボーダーを追う。どんでん返し連続の痛快ノンストップ・ミステリー！
ひ13

実業之日本社文庫　好評既刊

実業之日本社文庫 あ1 14

哀《かな》しい殺《ころ》し屋《や》の歌《うた》

2017年12月15日　初版第1刷発行

著　者　赤川次郎《あかがわじろう》

発行者　岩野裕一
発行所　株式会社実業之日本社
〒153-0044　東京都目黒区大橋 1-5-1
クロスエアタワー８階
電話［編集］03(6809)0473［販売］03(6809)0495
ホームページ　http://www.j-n.co.jp/
印刷所　大日本印刷株式会社
製本所　大日本印刷株式会社

フォーマットデザイン　鈴木正道（Suzuki Design）

ISBN978-4-408-55394-8（第二文芸）